谭仲池　著

岁月不会流逝

——谭仲池诗歌选

线装書局

图书在版编目（CIP）数据

岁月不会流逝：谭仲池诗歌选 / 谭仲池著 . --
北京：线装书局，2016.12
ISBN 978-7-5120-2530-1

Ⅰ . ①岁… Ⅱ . ①谭… Ⅲ . ①诗集 - 中国 - 当代
Ⅳ . ① I227

中国版本图书馆 CIP 数据核字 (2016) 第 297414 号

岁月不会流逝——谭仲池诗歌选

作　　者： 谭仲池
责任编辑： 程俊蓉
装帧设计： 王文龙
出版发行： 线装书局
　　地　址：北京市西城区鼓楼西大街41号（100009）
　　电　话：010-64045283（发行部）　64045583（总编室）
　　网　址：www.zgxzsj.com
经　　销： 新华书店
印　　制： 北京睿和名扬印刷有限公司
开　　本： 787mm × 1092mm　1/16
印　　张： 12.625
字　　数： 265千字
版　　次： 2016年12月第1版第1次印刷
印　　数： 0001—5000册
定　　价： 38.00元

更多资讯请访问官网

目　录

高擎何尊向天歌

岁月之河的浪花
拍打着历史的回音壁
唤醒了沉睡 1800 多年的何尊[①]
何尊睁开了瞭望尘世的眼睛
它身上雕刻的蕉叶纹
蛇纹和饕餮纹
还有饕餮的巨目利爪
托着古典的繁缛华丽　威严
在飞扬周成王的浩气雄风

何尊的典雅　庄重
沉稳　神奇和尘封的铭文里
给我们讲述东方圣母高贵
慈爱和滋润神州繁衍
的博大情怀
“宅慈中国”“中国”的词最早

①1963 年何尊出现在宝鸡市贾村镇村民陈堆家后院坍塌的土崖掉下的泥土中。

的原始记录①
开启了中国华光四射的文锦之门

从此这扇大门朝世界敞开
涌动着无尽的斑斓
天堂般的金碧辉煌
仙境般的胜景佳色
魔术般的琼楼玉树
神圣意志雕刻的诗歌
画卷　灵魂　情感　博爱
的田野　草原　长城
和古寺　塔楼　石窟
还有方块汉字由生长的思想森林
流淌的梦想河流
野性和天性　人性和理性
一同演奏的美妙音乐

一直高擎何尊
踏着沧桑　风雨　阳光挺进的中国呵
一直伴着何尊的铿锵声响铸造
历史和未来的中华民族呵
何尊的灵和光　声和形
永远给我们神性的意志

① 何尊是西周早期成王时的青铜器，其内底铭文中有“宅兹中国”的句，是目前所知“中国”一词的最早出现。

神圣的使命　神往的蓝图
和神飞的时空
我的心　原是一团火焰
一旦用滚烫的信念点燃
我就会猛烈燃烧自己
化作红色的血液
去描绘所有的爱的向往
所有属于人间美好的一切

让我们轻轻地抚摸
默默无语的何尊吧
让心中火样的凤凰
向着每天崭新的太阳
幸福地飞翔
呵　何尊
你是中国人心中
永远的国魂精灵

致人民英雄纪念碑[①]

你耸立在天安门广场上
活在亿万人民心中
你顶着浩瀚的天空沉思
望穿了五千年的苦雨凄风

你是中华民族信仰的火炬
照亮了东方的漫漫长夜
所有的光焰　都燃烧着
生命的崇高　美丽　圣洁

你的头颅里　飞翔着人类
最美丽的梦想　期盼
你的胸腔里　汹涌
着比海洋更澎湃的力量

---

① 毛泽东为人民英雄纪念碑写的碑文："三年以来，在人民解放战争和人民革命中牺牲的人民英雄们永垂不朽！三十年以来，在人民解放战争和人民革命中牺牲的人民英雄们永垂不朽！由此上溯到一千八百四十年，从那时起，为了反对内外敌人，争取民族独立和人民自由幸福，在历次斗争中牺牲的人民英雄们永垂不朽！"

你长城般的手臂
时刻在抚摸祖国的高挺的脊背
你灯塔似的眼睛
日夜照耀儿女前进的征途

你是踏着烈火惊雷
走过血染的疆场
你是砸碎铁链镣铐
去叩开迎接朝霞的窗口

你从远古出发就紧握自由之剑
将心的追寻　镀上光明的色泽
你读雪夜的弓刀
你读边关的塞月
你读烽烟的苍茫
你读旗帜的惨烈
你读雄鹰的飞羽
你读骏马的奔越
你读《离骚》的雄魂
你读《诗经》的风雅
你憧憬春之花明的妩媚
你感悟夏之灿烂的澄澈
你深知秋之殷红的火热
你拥抱冬之寒冽的高洁

从一片树叶　到一座森林
从一条山溪　到一片湖泊
从一粒石子　到一条大道
从一间土屋　到一个世界
都有你的足迹　呐喊　搏击
都有你的血痕　孤独　熬煎
任刀光剑影　枪林弹雨
任天崩地塌　乌云翻卷
你依然从容向海扬帆
临山舞蹈　凌空抖翅
让热血绽放思想的红玫瑰
让死亡涅槃真理的神宝石

这个踏着湘江波涛走来的新中国的缔造者
他用英雄之笔书写英雄的胆魄
他自己就是一个民族英雄呵
留下的诗词仍奔涌着英雄的豪放激情
就这篇 114 字的碑文　铸成了中华英雄的不朽星座
它象征一座精神金字塔　永远如太阳照耀古今

祖国母亲　你无数的英雄儿女
在向您致敬　为您祝福
即使未来的征途还有景风骤雨　坎坷险阻
心中的英雄纪念碑　会告诉我们
该用什么去描绘明天的辉煌黎明

祖国　我深爱着你

我爱你　祖国每一寸土地
到处都生长生命的奇迹
我爱你　祖国每一座高山
无处不呈现岁月的神奇
我爱你　祖国每一条江河
无时不在奔放梦想的涟漪
我爱你　祖国的每一朵云彩
天天在展现江山的瑰丽
我爱你　祖国的每一缕清风
刻刻在滋润心灵的希冀

祖国呵　我深爱着你
我用热血为你书写诗篇
我用柔情为你编织锦绣
我用智慧为你塑造明天
我用意志为你铸就巍峨
我用歌声为你赞美尊严
少年强　中国强
少年智　中国智

少年雄　中国雄
少年美　中国美
少年乐　中国乐
少年雷　中国雷
少年飞　中国飞

祖国　我深爱着你
我在抚摸五千年文明的光华
我在品味唐诗宋词的高贵
我在弹拨黄河长江的雄浑
我在阅读宇宙万物的生机
不要说多难的中国　曾经积贫积弱
不要叹出塞的王昭君流过的辛酸泪滴
一切的苦涩和创伤
一切的委屈和恩怨
都必将在对祖国的深爱里
化作忧虑的闪电雷鸣
化作开辟新天地的火炬晨曦
祖国　我们爱你
不必担忧　玉兔冬眠未醒
不必痛心　宝岛还有阴霾遮目
故乡明月在　彩云终究归
南海　东海总有平静的时日
我想太平洋起伏的波涛
俄罗斯天空的霞云

都会验证永恒的哲学
仁爱　平等　正义　和平
才是人类最真正的潮流

祖国呵　我深爱你
只要记住乡愁　国梦　担当　团结
沐浴中华民族火凤凰的光焰
人类世界大同的春天
就会来到我们的身边
祖国　我深爱着你
连同每一秒的呼吸

我在云天歌唱

阳光的大道　在天空铺展
身边飘浮的云霞　像鲜花绚烂
万里东风　舞动银色的翅膀
载着幸福的航程和激动的心在飞翔

飞翔呵　我在祖国温暖浩瀚的怀抱中畅想
飞翔呵　我在辽阔大地和奔腾的江河之上凝望
飞翔呵　我在沸腾的城市和欢乐的时光里歌唱
飞翔呵　全国人民每年都把金色的 10 月期盼

那是中华民族五千年文明铸造的 10 月
那是历史沧桑和岁月风烟铸造的 10 月
那是黄河　长江　泰山　长城拥抱的 10 月
那是龙的传人用勤劳　智慧　勇敢和梦想涅槃的 10 月

我看到珠穆朗玛雪光的圣洁
布达拉宫的宁静辉煌
我看到西湖苏堤　日月潭月光的温柔
九寨沟　张家界山水的明亮

我看到紫荆花的鲜丽
妈祖庙灯火的吉祥
我看到太平洋彼岸　中国的五星红旗在自豪地飘扬

我在阅读屈原《离骚》的古典深邃
我在吟叹李白放歌神州山水的豪放
我在追忆岳飞怒发冲冠的肝胆忠魂
我在倾听李清照悲切词韵的感伤
更有洞庭波涌范公雄辞的雄气
让一个古老的民族胸怀装下整个宇宙的衷肠
风雨中南湖起航的船　终于高擎信仰的火炬
在茫茫长夜照亮破晓的曙光

在联合国风云翻卷的舞台上
我听见祖国的声音慷慨表达自己的意志
在世界之林的万木丛中
我看见祖国伟岸的雄姿巍然挺立
我在云天飞翔
激情　如云海浩荡
想象　如彩虹美丽
热血　如光焰升腾

我又看到酒泉高耸的航天塔上
正欲腾飞的神舟飞船在熠熠发光
我还看见奥运北京焰火编织的脚印

正伴着实现中国梦的号角鼓点
迈向 2049 中国将演奏和展示
现代化辉煌现实雄浑交响的盛典殿堂

我在云天飞翔　遐想　憧憬
我的灵魂　我的生命和我的一切
都在和祖国　大地　高山　河流的节律
一起跳动　飞跃　温暖
我是在母亲的万般慈爱
和千般期待中飞翔

寻觅一个神圣的灵魂

盛夏的风　从烟波浩瀚的湖面
荡起一片清凉　冰轮浮在波浪上沉思
在用圣洁和宁静梳理我的思绪
把帆影和渔火

一齐引向　古楼灯笼的光影里
我沿着清辉搭起的浪桥
去寻觅一个神圣的灵魂
把汨罗江紧紧地搂在怀中
朝着遥远的苍穹呼唤
归来哟　哀民生之多艰
九死而不悔　上下求索的诗人呵
你《离骚》的热血情肠
溶化了多少世纪的悲凉

在岸边　我又看见孤舟上
杜甫支撑着消瘦的影子
在凌波放歌
把满腔的酸楚

倒下江中起伏的惆怅
高举着酒杯　泼一地胆汁的李白
以楚狂人的风流　面对君山挥手
让诗心植入远古湘竹的泪斑
最是范仲淹读懂了洞庭湖的云气
浪涌　肝胆　文心　才用自己的血性
写下流传千古的绝妙华章

苍生忧乐　人世进退
庙堂江河　君民社稷
一草一木　一石一花
无不怆然如静影
无不坦荡如沉璧
字字句句似照天火焰
驱散尘土　抑扬丽韵
若行云排空　尽卷雄风
鬼神为之哭泣
天地为之动容
江色澄明初见月
日夜乾坤壮忠魂
今宵　我欲问巴陵胜状
可是当年情怀　是否仍能
窥看滕子京的勤勉守望
沐一川暮雪　任清风月白盈袖
满月缤纷拂路　听渔歌互答

闻村巷酒香　此刻月色已浓重

涛声款款　依旧动魄

露湿衣衫　暗送鸟语虫鸣

雁声正伴铁臂伸过城陵矶

我看见杯中银针如丝

正悄说千家万户紫燕绕梁

翠染红裳　绿映层楼

果如此　一如春光四泻

一如百花争艳　一如琴瑟和鸣

一如锦绣铺地

眼前飞来一片夜朦胧

鸟朦胧　梦朦胧

呵　多情还看潇湘月

曾照古人　又照今人……

中国馆

在波浪深情拥抱的土地上
在鲜花尽情盛花的季节里
用中国红和中华智慧垒起的塔楼
像一面巨大红旗在迎风招展

斗拱　冠帽和远古鼎的联想
尊严　大气　浩瀚和经典的挥洒
神圣　幽远　空灵和风雅的穿透
在这里把天地人的灵魂形象惟妙地铸造

特有的城市繁华　喧闹　车马人流
叠影在充满动感气息的清明上河图里
讲述着遥远昨天的城市古老和文明
演绎着世界城市共有的奇异和变迁

乘坐世纪列车走回原始的山水田园
石桥亭阁驿站青砖黑瓦如陈年传说
终于和立交桥火车高楼交谈
记述着同一河流土地上的崭新故事

31 双省市区的巨手举起了现实和憧憬的斑斓
用文化的魅力和绿色情怀的相思
在雕刻描绘讲述世界上最美的城市精魂
一如身边的浦江　激情荡漾

于是人们会在同一屋檐下思索怀想
会在同一时空里奔跑呐喊歌唱
会在同一命题里构思书写表达
会在同一航船上豪迈激奋荡桨

就连那一幅幅童心描画的天真和遐思
也在把中国的沉思和担当抒发
我们即使在碧波与荷花的缤纷里徘徊
心中的念想依然如彩蝶飞翔

祖国给我安慰

我有时也会跌倒　有时
也会迷茫　有时也会失落
有时甚至绝望
是因为我曾经顽皮
没有听爸妈的话
把读书当作了负担

我的失业的日子
在街上无目标的激荡
我感觉世界就是一个迷宫
从早到晚找不到人生的方向

我逐渐学会了怨恨　嫉妒　贪婪
还有玩世不恭和冒险
我朝自己选择的坐标走
离世界的纯粹越来越远

那一天　我茫然走进一座灯塔
碰到一个慈祥的老人

他用温暖的手抚摸我受伤的额头
喃喃地说：孩子想妈吗

真的我想妈了　想回到妈妈怀抱
那些空虚　怯懦　无谓　沉沦
瞬间消失得无影无踪
我只看见童年的丛林亮起了灯光
是祖国给我安慰
是母亲唤我回家
是万盏灯火装点辉煌的城市
让我看到鲜花的笑容

我是中国人

那一年　我在日内瓦演讲
题目是“我心中的城市”
我的演讲　得到了大家的掌声
我知道这其中就有祖国的背影

我曾经去过许多国家的城市
从来没有像今天这样充满自信
我们自己建筑的高楼　高速公路
并不比别人差　甚至更精致雄澗

在维也纳金色大厅
我看到老乡宋祖英演唱会的海报
在美国的机场和宾馆
我看到长沙远大空调的设备在运行

记住　我是中国人
现在世界舞台到处都有你的身影
也不能忘记　昨日蒙受的耻辱
曾经在甲午风云里抛洒的泪痕

记住　我是中国人

就要像杂交水稻之父袁隆平一样

一粒种子要改变世界

每一个脚印都要踏出中国的尊严

我们都是一家人

当热血和意志化作暖流融化冰雪
当我们战胜冰灾正挺进在新的征程
地震　这个我们不忍听到的消息
地震　这个撕裂心肝的天灾
席卷着无情的暴风雨和惊天巨响
就发生在五月十二日
富饶美丽的四川盆地在摇晃颤抖
光明的世纪顿时蒙上一层阴影

大地在哭泣
生命在呼喊
公路　厂房　学校　农舍
商店　桥梁　高楼　车站
都在瞬间变成废墟化作云烟
都在残酷地噬咬十三亿人的心灵
每个家庭都沉浸在巨大伤痛和无限
牵挂的感情漩涡

遥望震区同胞

处在生死存亡的艰难险境
谁又不想飞越关山奔向抢救的前沿

我们都是一家人
我们都是同根生
幸福是共同的
欢笑是共同的
困难是共同的
灾难是共同的

我们不会忘记
当洪水泛滥的关头
你们伸出援助的手
至今我们手中还有余温

今天我们会同样牢记和坚决执行
党中央发出的抗震救灾号令
此时我们会同样珍惜和紧急行动
动员千军万马去拯救遇难的同胞
帮助重建美好家园
要让城市重新点亮灿烂灯火
要让学校重新飞扬笑语书声
要让乡村重新绽放万紫千红
要让山水重新展现如画美景
要让黑色的日子永远消失

要让光辉的未来在手中诞生

我们情胜骨肉亲

我们都是一家人

旗帜与梦想

——谨以此诗献给党的十八大

金色的云霓
装点着天安门的辉煌
金秋的风　载着丰收的喜悦在飘荡
在这个收获成熟　金黄和灿烂的季节
所有的山川　河流　森林　草原
湖泊　田野　城郭和乡村
都激情澎湃地绽放幸福的期盼
一曲实现中国梦的世纪交响
飞旋着向往和真理的绚烂
正催动东风浩荡
千帆竞发　正播撒岁月的烂漫
江海的奔腾雄壮

沿着旗帜指引的方向
朝着洒满阳光的大道奔跑
这是历史性的庄严跨越
这是中国人民最豪迈的使命担当
这是春风雨露滋润
天高地厚的博大情怀

这是中华民族伟大复兴的脉动波澜
我们站在高山之巅
开怀凝望　看到了祖国飞翔的雄姿
我们挽着黄河　长江放歌
从容面对世界风云
深情拥抱日月潭的月光

这就是信仰融于生活的壮美
思想铸就创造的翅膀
哪里有梦想　哪里就出现奇迹和美好
哪里有开拓　哪里就铺展锦绣和希望
让我们满怀秋色的诗意
用陶片的哲思　竹简的经典
文明的灯火和拼搏的旋律
在世界的东方　书写新的长征
新的攀登　新的史诗

赞美你　旗帜
拥抱你　梦想
十三亿颗心在激烈跳动
十三亿朵葵花向着太阳
高天捧出万里晴朗
大地献上七彩斑斓
岁月和春天　永远迸发
蓬勃　青葱　激扬和辉煌

五星红旗在月球上飘扬

中国人在追梦
梦飞到了　月球之上
嫦娥舞袖在银河歌唱
玉兔驾车在月球上徜徉

2013 年 12 月 15 日
在距地球 38 万公里之外
中国梦书写了震惊世界的新篇
五星红旗在月球之上纵情飘扬

飘扬呵　中华民族五千年的梦想
飘扬呵　中国人民美好向往的红帆
飘扬呵　邈远星空的绚烂风景
飘扬呵　比唐诗宋词更壮美的华章

五星红旗在月球上飘扬
绽放着中国人的自豪和荣光

中国梦　我的梦[①]

这一天　注定要成为中国历史长河中
重要的一瞬间　这一 刻注定要成为
新中国壮丽征途的一个新起点
这一天　在北京天安门前的华表上
注定要留下新的历史标注
这一刻　在中国国家博物馆
注定要为中国的历史　现实　未来的交汇写下
浓墨重彩的一笔

这一天　就是 2012 年 11 月 29 日
这一刻　就是习近平和履新不久的
新一届中央领导来国家博物馆
参观《复兴之路》展览的时间
抚今追昔　展望未来
继往开来　时空跨越
实现中国梦的宣示
点燃了亿万华夏儿女的心灵火焰

① 实现中华民族伟大复兴，就是中华民族近代以来最伟大的梦想。——习近平参观《复兴之路》讲话摘录。

这是何等的壮阔的海岳气概
这是何等宽远的家国情怀
这是聚之已久的强大精神力量
这是奔涌不息的巨大创造激情
梦伴旗帜飞翔
梦如朝霞灿烂
梦在东风里
梦在征途上
我们看到了领航的灯塔的万丈光芒
我们听到了奋进的号角的嘹亮激昂
我们感触到了大地春潮的纵情涌动
我们投身到了追梦圆梦的滚滚洪流

登高才能望远
忧患更知担当
凝心才能聚力
实干方可兴邦
我们懂得　中国梦是历史的
现实的　也是未来的
我们明白　中国梦是国家的
民族的　也是每一个中国人的
我们更知道　中国梦归根到底是人民的
是我们的　更是青年一代的
这就是中国梦根植的土壤源泉
这就是中国梦的深刻的内涵和意义

实现中国梦必须走中国道路
实现中国梦要有千千万万当代愚公
中国梦就是造就一个个当代传奇
中国梦就是弘扬中华民族的人文精义
我们播种梦想　就是点燃希望
我们追寻梦想　就是创造辉煌
我们实现梦想　就是造福人类
我们赞美梦想　就是守望家园

我们决不徘徊　决不观望
决不等待　决不彷徨
决不懈怠　决不幻想
千里之行始于脚下
万丈高楼平地崛起
我们要牢记那两个一百年的日期[①]
把民族复兴的蓝图镌刻在心里
要让全面小康和现代的国家的霞光
时刻温暖每一秒钟的搏击

是呵　13亿人口国家之兴盛
旷世未见谈何易
有点似烟里丝丝弄碧翠
曾几番风雨拂行色

① 两个一百年，即中国共产党成立100周年时全面建成小康社会；在新中国成立100周年时建成富强、民主、文明、和谐的社会主义现代化国家。

若论梦　春去夏来　年去岁来
亦是凡人寻常事
可今朝国家梦　其作始也简
其将毕也必巨　应是天高地厚
花千树

呵　中国梦　我的梦
回望京华情难却
旭日暖暖润心窝
急催马　逐梦攀峰
大地也在轻轻蠕动

心吻美丽中国

美丽中国　正在感动世界
世界的鲜花　朝着东方开放

我曾走过莫斯科的红场①
今天我伫立在美国国家广场
我看到了马丁·路德·金的雕像
披着中国艺术的霞光

自命是缔造天堂的骑士
亲手泡制的金融危机
让世界激烈动荡
也使帝国大厦的砖瓦黯然无光

唯有《清明上河图》的故乡
仍洋溢快乐轻松的旋律
用平静　和谐　知足　安宁
弹奏生活的愿景和诗歌的晴朗

① 莫斯科的红场：湖南雕塑家雷宜锌创作的马丁·露德·金雕像站立在美国国家广场。

我的心　在亲吻美丽祖国

要让世界看清中国真实的容颜

邵逸夫的中国式情结

我握过邵先生的手
是那样温热柔软
我扶过邵先生的轮椅
那天还沾着湘江边的嫩绿

长沙也有逸夫楼
那楼不是很高大雄伟
却很风雅清秀　庄重飘逸
有点像邵先生的气质风度

今天　先生乘鹤远去
也是去看自己修建在天空的楼
现在我才知道　他的楼
遍布全中国　同属一个名字

这是他自己的名字　他想告诉我们什么
“我的财富取之于民众，应用到民众”
“宽容和做美事是一把健康的钥匙”
这就是他对自己名字的诠释

107 个春秋冬夏　有多少风雨晨夕
有多少月缺花残　有多少雪飞冰封
就因这名字独有的暖流　春意　花信
让生活的幸福在神州大地行走

我不知道　那绵长的光影银幕
那属于中国的飘逸感
和芬芳思古幽情的邵氏美味
也让人读懂了他名字的深邃和高贵
先生眼镜里闪耀的家国梦想
先生唐装上托付的东方文韵
连同先生那长留脸上的慈祥微笑
都在见证“富而不骄者鲜”的真人情致

如果有人要写《财富论》
如果有人要问玫瑰心香何处寻
如果有人要论“价值”一词的厚薄
如果有人要量人生境界的高低

请走近逸夫楼
请走近邵先生的身影
听他细说一回自己的命运
“也曾在夹缝中打拼”

这就是邵逸夫的中国式情结
用自己的精神财富
滋润心灵的花朵　绿荫
和祖国的和谐　博爱　美好　纯静

让我们向先生致敬吧
他留给我们如星座　如琼阁的楼
会永远年轻　蓬勃　充盈爱意
绽放时代和人性美的精彩

月光里的笛声

青蛙瞪着大眼
不再敲鼓　蟋蟀将着触角
不再跳跃　小鸟收拢了翅膀
站在绿枝上沉默
月光洒在蔗林里
泥土是绿的　绿色的蔗笛在吹奏着

我是蔗地的主人
在把甜蜜收割
从绿色的海洋深处
拔出支支欢乐的歌

在那些霜色的日子
父亲支撑不住困乏的身子
弯曲成一支苦闷的辛酸曲
倒在蔗地的一角　从此
留给我一支忧伤浮沉的歌
我也有了儿子
今宵　他正在蔗林卧着

我陪他折一支蔗笛
他用小嘴巴吻着
一支甜甜的歌
拉开了他金色童年的帷幕

父亲　你该笑了吧
在我们世代耕耘的土地上
如今 长出了千支万支甜美的歌
歌声捎着新生活的芬芳
正飞向月光照耀的每一个角落

海南　我在寻回那个绿色的梦①

大海吻着　椰子树掩映着
那是一片多么神奇和富饶的土地

这条路真长　你和你的团队成员
整整跋涉了 44 年　现在还在继续
因为这只是灿烂而丰富的一段行程
离最后的辉煌　也许不会遥远

我们来了 是来寻回曾经在沼泽地里
找到的那个 孕育金色世界的绿梦
因此 每一步的追寻都异常庄重
甚至充满雄壮和瑰丽的色彩

曾经有多少流汗　甚至流泪流血的日子
一个个又黑又瘦的汉子
总是像椰子树干挺立着
接受风霜雨雪 雷电尘埃的洗礼

---

① 作为电影《袁隆平》的编剧之一，一直都想着去当年发现野生稻那个神奇的地方。总想，用诗歌的表达方式为袁隆平带领的杂交水稻科研团队唱一支艰苦跋涉而又充满着奋斗乐趣的生命恋歌。

你们一直在思索　一直在触摸
在梦里　餐桌前　实验室　低矮潮湿的土屋
想那个绿色的梦　那片金色的海
总一次又一次地在烈日下奔跑

就像种子　一次又一次拱破冻土
总是伸手抱住　那万缕霞光
去为艰苦岁月编一支
快乐美妙如醇酒的小夜曲

是一种什么样的精神
让你日夜奔波魂系星辰
是一个怎样感动的神　在迷雾中挥手
引导你们在苍茫的世界发现生命的火炬

野生稻　和海岛的肥沃土地
一道呼吸　叠叠苍山一道歌唱的精灵
自从它以“野败”的名义举起照亮世界的灯火
你们就以大海般的力量创造杂交水稻的奇迹

今天 我们在这块土地上寻觅
遥望古老神州大地金浪无边
都在想起同一个话题 勤劳 智慧 勇敢的中华民族
在新世纪又该怎样在世界东方挺立

我知道有一种寻觅
会始终不断如大浪奔腾
我知道总有一种崇拜
会永不消失长埋心底

那就是人类共同的梦想
愿阳光　幸福　欢乐　时刻温暖人间
愿饥饿　疾病　战争　不再与生命握手
愿生命对生命的追求永远不息

大海汹涌着　椰子树歌唱着
这是一片多么让人神往和眷恋的土地呵

大亮山的树魂

——致杨善洲同志

这棵树　在贫瘠和风霜里出生
这棵树　在阳光和雨露滋润下成长
他是一棵站在滇西大地上的大树
舒展手臂　拥抱春天的温暖

它懂得泥土和清泉的情意
它懂得日月和岁月的恩赐
它懂得江河和田野的壮美
它懂得山村和老乡的呼唤

用深沉的脚印书写对祖国的忠诚
用滚烫的热血报答对百姓的牵肠
用真实的无私奉献履行心的承诺
用理智豁达笃实倾诉儿女的情长
一张已经发黄的落户审批表
有如一片树叶　镌刻着圣洁的爱志铭
在乡下对一个小学校长的细微关怀
点点滴滴都流淌着胸中的抚慰期盼

在风吹石头飞的山峦扎根
在帐篷　油毛毡房的透风口凝望
马蹄声碎消融他的焦虑
小树苗果真托起他的梦想

严寒　风沙　酷暑和苦累
都在他怀中雕塑葱郁的风景
一个年轻石匠曾经的遐想
竟铺出一条通往山外的石头大道

再也不要抱怨断水盼水的日子
来自重重山峦的溪流正放声歌唱
眼前的果林　瓜地　小鸟　蝴蝶
都在装点大山的富有和鲜丽奔放

这棵树　在风和雨的路上跋涉
这棵树　在忧和愁的日子挺立
这棵树　在磨难和成功中坚守
这棵树　在荣耀和辉煌前走远

他终于走进了自己酿造的树之海
伴着奔腾起伏的林涛
扬起生命最后的绿帆
上善若水呵　绿洲何其浩瀚

我感叹树老根深天长地久

我礼赞树绿如盖福泽人间

人生果真是棵树

此树总教人思量

梦依然灿烂

雅安　芦山　宝兴
2013 年 4 月 21 日早晨 8 时
突然发生了地震　强烈的震波
撕裂了大地的温馨和宁静
人们没有惊慌
就连少年儿童
也在有序地走出险境

汶川地震的残暴
铸就了四川人的坚强镇定
灾后重建的凝重现实
证明了中华民族巍然站立东方
可以挽澜回天
创造人间奇迹

以同样的心声　同样的步伐
同样的迅捷　同样的坚挺
从天上　地上　水上
从乡村　城市　边疆

走来了救援的浩荡大军
用大情大爱大团结的力量
又一次凝成了溶化灾难的暖流巨浪

中国梦　在春天里绽放缤纷
她不会因风暴雷电失色
一切的险阻　动荡　乃至风云变幻
只能让我们更感受浴火涅槃的壮美雄峻
丝毫不能破碎我们的期盼憧憬
梦想和自豪　富强和安宁
和谐和美丽　幸福和复兴
正用全国人民心里手中温情雕刻
在雅安　芦山　宝兴人心中
梦依然灿烂　依然温馨

在拉美大地为祖国放歌

吴永恒　一个我不曾熟悉的名字
读你的事迹　却让我肃然起敬
你带着祖国的嘱托
拉美人民的期冀
在拉美大地
行走了 20 个春秋　你用西班牙语
葡萄牙语　讲述中国的故事
传播中国声音　你自己
就像一粒种子　在异域
这片情缘缠绵的土地
扎根　开花　结果　生生不息
你频送着今日中国的现实缤纷
文化芬芳　你又像一只候鸟
穿越巴拿马的晨雾
波哥的晚霞　甚至栖息在报亭
图书馆　大学讲台　使馆接待厅
分送杂志　发表演讲　接受采访
你的正直　谦和　智慧　博学　幽默
塑造了中国文化使者的光彩形象

你的慷慨无私　风采气度
铸就的品格魅力　有如磁铁
吸引着拉美朋友眼光向往
一齐投向中国　投向东方
在拉美大地　在拉美的风风雨雨里
在拉美的春花秋月　在拉美的思念　守望里
你为祖国尽情放歌
你为祖国殚精竭虑　万难不辞

吴永恒　一个会让拉美人记住的名字
你生命的明灯
虽然因耗尽了最后一滴油
在墨西哥的那个敞开的窗口
悄悄熄灭了
可你用梦想和心血谱写的歌
一定会像你的名字
永恒地在拉美大地传扬飞旋

跟孙女讲雷锋

孙女去上幼儿园
我将自己写的《雷锋》送给老师们
孙女睁大眼睛问我
爷爷　这是什么书
我说它的名字叫雷锋

什么是雷锋　小孙女问我
一个多么难　又多么需要讲清楚的名字
我停顿片刻说
雷锋是我们家乡的英雄

五十年　爷爷跟着雷锋走
五十年　雷锋的名字传遍祖国大地
五十年　雷锋常在我们身边
五十年　雷锋的身后走来了千万个雷锋

他是一个好心人
他是一面青春的旗帜
他是我们时代的火炬

他是爷爷心中永远的明灯
他是流动岁月温暖的春风

他爱祖国　他爱家乡
他爱学习　他爱劳动
他爱小同学　他爱老人
他爱蓝天　他爱白云
他爱小草　他爱星星
他爱唱歌　他爱打腰鼓
他是优秀的少先队员
他是模范共青团员
他是田野的拖拉机手
他是炼钢炉前的钢铁工人
他是光荣的人民解放军战士
他最知道上进
他最不怕吃苦
他最懂得感恩
他最爱帮助别人
他是一滴水
滋润春天的万紫千红
他是一颗星
照亮生命的航程
他是一棵树
长成茂密的森林
他是一颗螺丝钉

在机器里转动欢鸣
他就是爷爷书中写的雷锋
一个普普通通的农村孩子
一个我们最喜爱的年轻人

听了这一切　小孙女望着我
那眼神　充满渴望和纯真
小孙女似懂非懂
小孙女伏在我的肩头遐想
也许她已明白雷锋是什么样的人
要不爷爷为什么把他写成小说
写成诗歌　写成歌曲　写成电影
还每天给自己讲他的故事
讲他的日记　讲他的童年
还常常眼里　闪耀泪花
声音里　流着眷恋深深

孙女说　我长大了也要像雷锋那样
做一株小草　做一颗星
永远绿茵茵　亮晶晶
成为爷爷心中最幸福的期待
爷爷笔下最美丽的梦境……

圆　梦

去的云　曾载去罗霄山脉叠嶂的巍峨
归来的雁　又啼碎寒夜月凝的花梦
传说炎帝在鹿原蛮荒播种采药
挽滔滔洣水书写神农神秘的雄篇

为踏湖浪的岳阳楼　范公高吟
先天下之忧而忧　惜悠悠不息的潇水
秦郎更叹月迷津渡雾失楼台
任几许凄清催放苏仙杜鹃

岳麓山丹枫　闪耀同学少年的身影
谁主沉浮的叩问　还在橘子洲回响
走马楼三国吴简的斑驳文字
睁开了睇望世界的眼睛

张家界牵着金鞭溪　挽着黄狮寨
托着宝峰湖向世界走来　桃花源的渔歌
年年岁岁　依然如珠如铃
响彻如诗如画的乡村

一幕一幕都是梦　都是情　都是魂
它们从远古和大自然款款地走来
它们要告诉世界　告诉未来
走进心灵　梦境　走向地球星空和遥远

只有时间的隧道　距离的跑道
情感的纽带　文化的桥梁　才能呈现
历史沧桑的瑰丽　自然山水的奇美
人世的斑斓丰富和追寻创造的快感

是的　无论是小街古巷的幽远
旧城青石宁静　拱桥残月的遗韵
大漠风沙的狂暴　还是草原的深沉浩瀚
都在铸造你是灵魂的高贵和肌骨的雄峻

是的　就是这个梦　灵肉之梦
宇宙之梦　思古之梦　经典之梦
海岳之梦　在今天的三湘四水纵意飞翔
在星月　风雨　挑战　奋进中涅槃

涅槃呵　在新世纪天安门前
雄伟的华表之上　我们用自豪和荣耀
用稻穗和钢花　用信念和赞美
涅槃一道永远霞光四射的大地彩虹

中南海的灯光

中南海的灯光
彻夜亮着　总书记的眉头紧锁着
一个又一个不眠之夜
一次又一次果断决策
汶川　德阳　茂县　绵竹
就伏在他的心上颤抖　抽泣

多么美丽而富饶的土地
多么勤劳而智慧的人民
此刻　你们受苦受难
“到了最危急的时刻”

16 日上午　灰蒙蒙的天空绽放出
璀璨的阳光　总书记乘飞机
来到四川　来到受灾人民中间
一股暖流顿时流遍四面八方

抗震救灾工作要坚持以人为本，
把抢救人民群众生命作为重中之重
……尽全力抢救受困群众

尽全力医治受伤群众……

尽全力帮助乡亲们恢复生产重建家园

一字一句凝结着党的无限深情

一字一句感天地泣鬼神

此刻　总书记披着风尘走来了

他的身影　还像往日那样伟岸

他的步伐

还像抗击冰雪时那样稳健

他的眼光　还像在寒风呼啸的煤矿

那样亲切　他的心

依然像太阳那样温暖

在照耀受灾的震中河山

他的眼前　断墙塌楼还冒着尘烟

耳边仿佛还听见一声声凄惨的呼喊

他止住了脚步　他在凝望倾听

凝望他揪心痛心的悲惨世界

倾听他惦念焦虑的父老乡亲

他是一个拥有七千多万党员的伟大领袖

他的胸中正蠕动整个宇宙

这是一种怎样的历史担当

这是一个怎样的危急时刻

他不止一次地握住灾民的手

他不止一次地亲吻受伤的儿童
他用心在轻轻地说
我和大家一样痛心
孩子们别哭　乡亲们一定要挺住
他是父亲　他是兄长　他是人民的儿子
他是全中国最亲的人
他是我们心中最尊敬的人

他继续向前走去
他的肩头布满了尘土
他拎起地上的书包
他抚摸震落的学校门窗
他多么想听到孩子们的读书声
看他们坐在电视机前
幸福地看奥运圣火的传递
此刻　他多么想呵
天空慢慢变得澄澈
苍山慢慢抖开愁容
一切希望　向往　企盼都在废墟上跳跃
阻断的河流又开始了雄壮的呼吸

亲爱的党呵　金色的北京
祖国的心脏　你每一次脉搏的跳动
都把我们的心紧紧连在一起
都在注入我们蓬勃旺盛的力量

和无限美好的憧憬

中国一定会赢

中国不会躺下

这是全中国人民发出的声音

敬爱的总书记

你听到了吗

震撼人心的那只手

绵竹市汉旺镇东汽中学，发掘现场发现一名死难学生，手里紧紧地攥着一支笔。

山川崩塌　天昏地暗
有一股力量残忍地
把你埋在沉重的水泥板下
你心中的太阳被震落了
梦中的欢笑被夺走了
整个身子被切割了
可就是无法使你松开五指
让那支带伤的笔坠落

你的力量真大
几乎可以与碰撞陆地
的魔力较量　你的心胸真大
几乎能把世界装下
你的手也很大　让我们看到
绵竹的森林
仍在石沙和鲜血淹洒中挺拔

不要说对于大海　高山　江河　旷野
我们是多么渺小　渺小的
像蚂蚁在大地上奔跑
只要冷静地看一下
这个小小的拳头
就会懂得一个大写的人
在汉字中的非常意义

让我们怀着极度悲痛和深深的崇敬
借遇难学生手中的笔
去庄严地书写渺小的心脏
渺小的手所蕴藏
的力量是怎样抗击灾害
和创造奇迹

不忍读的报道

报载北川县农行龚天秀被困3天，自己砸腿喝血生存，最后亲手锯下右腿获救。

读这则报道
《我一定要活下去》
我的心　一直很痛很痛
我不忍读下去　但我还是坚持
读了下去
我读懂了一个真正的女人

一个创造生命奇迹的女人
一个要为爱为情为儿女活的女人
一个坚忍卓绝不怕死的女人
一个勇敢顽强敢于与命运搏斗的女人
一个心灵纯洁如玉的女人
一个作家无法想象塑造的女人

这个女人　让我又一次
阅读了一本关于生命的学说
这个女人　让我又一次

验证中国人对死的态度
这个女人　让我又一次
感悟诗人应当怎样写诗

是的　活着真好
为了活着
我们需要明白为什么
怎样去活
让我们向龚天秀致敬
这一切　是她用自己的行动
告诉了我们

灵魂　壮烈地飞翔

谭千秋老师，是湖南邵阳人。他为救护 4 个学生的生命，献出了自己宝贵的生命。

湖南省委书记张春贤深情地赞扬他的英雄壮举“大爱千秋精神千秋”。

不是因为你的名字
有特别的含义　有时再好的名字
也显得苍白
不一定让人铭记

而你真正用自己的壮烈
从容　坦然　热血　肝胆
去诠释自己的名字
铸就千秋丰碑

你爱自己的学生　爱祖国大家庭
爱儿女　爱手中的粉笔　三角板
和学校操场边那片绿荫
懂得怎样生活才生命鲜丽

当死神朝你袭来
当教学大楼在震荡中倾斜
你没有退却避离
你选择了坚守　选择了危险

你毅然伸开双臂
举起了信念和道义的旗帜
你就像一座高耸的铁塔
勇敢地扛起了崩裂的岩石

你始终没有倒下　用身体
护卫着 4 个纯洁的学生
在残暴和死亡的旋风中重生
而你却默默地离去

你走了　去了另一个世界
是带着大雁展翅的姿势
是带着一往深情的庄重
是带着来不及诉说的眷恋

我知道　你一直在寻找自己
寻找那只凌空飞翔的鹰
所以在人生最后的一刻
你用生命的忠诚描绘了真实的原型

你的灵魂

在壮烈地飞翔

飞翔　只为爱

只为永恒

别忘这一刻

默哀 3 分钟
这一刻很短暂
这一刻却胜过万年千年
这一刻一定会载入世界文明史
这一刻全人类的目光都投向中国

国旗　中国人心中的尊严　自豪　骄傲　光荣
国旗　中华民族的精神　灵魂　气派　神圣
国旗半垂　九州同悲
国旗半垂　汽笛哀鸣
国旗半垂　山河呜咽

中南海怀仁堂前的门楣上
悬挂起黑底白字的横幅
深切哀悼四川汶川大地震遇难同胞
总书记　总理面向国旗肃立
这一刻　整个中国成了无比悲痛的海洋
从北国林海到南疆渔村
从天山牧场到江南水乡

从天安门广场到学校操场

从首都机场到火车站台

这一刻　泪水让我们彼此靠近

凝望你国旗　血色凝重的肤色

感触你国旗　巍峨阔大的胸襟

抚摸你国旗　天风中飘动的庄严

思考你思旗　阳光里低首的深沉

这一刻　有一种巨大的力量在心中激荡

国旗　此刻我们听到十三亿人的共同誓言

汶川能挺住　中国能挺住

国旗　此刻我们看到了大地震的土地上

受难的同胞和大救援的队伍扛起了倾斜的天

国旗　此刻我们又看见重建后的家园更加富饶美丽

这一刻　万分珍贵的 3 分钟

这一刻　万语千言难表达的 3 分钟

这一刻　万年都会记述的 3 分钟

这一刻　让我们把它藏在心里

让我们和流动的岁月一起阅读

这个伤口　不能轻易忘记

南坝镇中心小学
在地震中颠簸着
倒下　倒下
数百名可爱的小学生
就这样离开了
阳光灿烂的世界

这些被挖掘来
摆在路边的书包
是这个小镇
一道巨大的伤口

请记住这所小学
蒙难的 6 个老师
他们在生死一瞬
没有任何的犹豫

他们被挖掘出来的姿势
手里还拉着学生

身体还护着学生
眼睛还充满坚毅

小镇也受伤了
别的伤口可以缝合
可唯有这道伤口
请不要轻易忘记

心痛的颜色

眼前的世界　此时的中国
不需要色彩　不需要装饰
只需要凝重　深刻　冷静
这是一个民族　一个国家　一个人
坚强　成熟　奋进　勃发的需要

于是我们不约而同地
选择了黑白　选择庄严　深沉
选择了凝聚力量的旗帜
选择了祈慰亡灵的惋幢
选择了抚平生者创伤的原色

这是心痛的颜色
这是哀伤的颜色
这是抗争苦难和不幸的颜色
这是牢记历史和思考未来的颜色
这是教我们时刻珍爱生命和自然的颜色
古往今来
薪火不灭

大地沉浮

多少英雄豪杰　仁人志士

多少烽火血光都在铸造黑白颜色

我们选择黑白

就是选择雄美和壮烈

圣火　在心中燃烧

全国哀悼日
全国在国旗半垂的
全国中国大地　停止
全国了圣火的传递

圣火没有熄灭
圣火仍在燃烧
它在升腾吉祥祈愿的火焰
它在闪耀辉煌圣洁的火焰

它的火焰飞到了汶川
在如丝如缕地慰藉
天堂安息的亡灵
它的火焰穿越在汶川
在低语轻言地抚慰
受伤的父老乡亲姐妹兄弟

它的火焰点亮了昏暗的天空
点亮了蒙尘的土地

点亮了倒塌的房屋
点亮了绝望的心灵

圣火还对我们说
此时此刻
唯有拯救
唯有关怀
唯有珍爱
唯有挺住

一切都必须放弃
一切都必须让路
一切都让我们为了汶川
高举起烛天的圣火

这就是我们看到的圣火
这就是我们崇拜的圣火
这就是又将启程的圣火
这就是我们自己的圣火

圣火传递　它要燃旺
祈祷　祝福
力量　渴望

圣火传递　它要烧掉
绝望　迟疑

惊恐　悲伤

此时此刻
让我们心中都有圣火
人人心中都怀大爱
紧紧地抱住汶川
紧紧地握住全国人民的期待

汶川　挺住
汶川　雄起
在今天八月雄伟的北京
举行隆重的奥运庆典上
让我们共同欢呼
地震　没有压倒汶川
没有压倒中国

中国的圣火
点燃了中华民族的尊严
和伟大　光荣　升平　和谐

十万大军在挺进

这一刻　中南海发出号令
十万火急　十万火急
灾情就是命令
时间就是生命
从祖国的心脏北京
从各大军区兵种
瞬间调集十万大军
以闪电的速度
向四川汶川集结

火车拉响汽笛
穿越平原　丘陵　隧洞
汽车沿着高速公路
像长了翅膀离开地面飞越
天空出现了飞机群
磅礴的气势席卷云天
武警消防部队驾驶特种车辆
也在快速汇合
这是何等气魄　何等雄壮的领袖胸怀

运筹帷幄在分秒时间
只有把人民装在心中的统帅
才能如此果断地决策
十万大军在神州大地挺进
震撼着山　震撼着水　震撼着田野
震撼着城市　震撼着乡村
震撼着全中国　震撼着全世界

十万大军　文明之师　威武之师
仁爱之师　奉献之师　胜利之师
你是地震灾区人民的希望
靠山　主心骨　救星
你是抗击苦难挑战险恶
征服狂暴　顶天立地的勇士英雄
神将　天兵
你是人民的好儿女　最亲的亲人

有你在我们不流泪
不绝望　不倒下　不徘徊
有你在倾斜的天　我们要顶住
下沉的地我们要托起
即使含悲含痛离去的亲人
也会平静地在天堂安息
望着风雨尘埃中穿越的军旗
谁的眼前都是一片光明的天地

喝吧　灾区人民端上在废墟边
烧开的山泉水
吃吧　灾区人民递上小镇上
仅找到的一盘紫樱桃
刚救出的三岁小朋友
举起受伤的小手向亲人敬礼
那一刻　这面生命旗帜的光芒
穿透了天空浓密的阴霾

这就是天底下中国人民最深沉的敬爱
这就是世界上中国军人最神圣的情怀
有了这样的军队我们必定天下无敌
有了这样的人民我们必定创造辉煌未来
挺进吧　十万大军
奋战吧　十万大军
祖国在等待你胜利归来
十三亿人民在向你致敬喝彩

志愿者

你走来了　脚步匆匆
没有统一的着装
没有特别的标志
只有一个共同的名字
就叫志愿者

你走进学校
拉着孩子们的手去操场
你告诉他们这些帐篷的来历
让幼小的心灵
洒满幸福的阳光

你走近餐厅
精心地帮助蒸饭炒菜
还认真记下　每个电话
要把热饭热菜
及时送到救援队员手上
你走向雨棚
亲切地和受灾的乡亲交谈

你滚烫重情的话语
像细雨润物
浇开希望的繁花

你和你们光荣的志愿者
奔走在受伤的土地上
穿行在创伤的心灵间
你是一支温暖的歌
每个节拍都和时代一起交响

汶川　放弃不属于你

汶川　你的名字
被亿万人呼唤　你的伤痛苦难
我们都埋在心里　这些天来
一直像你一样悲泣

汶川　你曾经是那样
蓬勃美丽　你的青山碧水
早就让我们眷恋　那些日子
一直成为我们难忘的思忆
请不要放弃
放弃不属汶川
汶川　你的同胞在看着你
你的土地在等待你

要知道　纵然黑云压城
总会有驱散黑暗的曙光
在死亡线上我们走过来了
还有什么灾难不可以战胜

汶川　请不要放弃
快举起沾满泥土的旗帜
快铺平坎坷塌陷的道路
带领你的人民勇猛挺进

我知道你们会来救我

一个微弱女人的声音
从废墟下水泥断层里传来

我知道你们会来救我
一定会来的

一字一句凝聚着渴望
强烈的自信心和坚强

她是一个普通的农村妇女
为何有如此思维的清醒

救援武警官兵来了
消防　白衣天使来了

吊车　救护车来了
矿泉水　面包也来了
是的　我们都来了
祖国就站在你面前

你的话语没有错

现在他们又要奔向别的地方

急行军

凌晨　梦还浮地枕头
我们就出发　月光还挂在树梢
我们已翻过几道山岭

滚石在头上飞鸣
山路在脚下摇晃
黑风冷雨如乱箭纷纷

这是无言的行军
这是悲壮的行军
这是艰险的行军

快快快
再快　再快　再快
更快　更快　更快

恨不能飞
战士的心在飞
将军的魂在飞

10 小时　20 小时　27 小时的急行军
绝望　惨重的灾区小镇
飞来了人民子弟兵

第一个电话第一条信息发出去了
那是无数生命的希望呵
那是联系北京全国人民的心声呵

生命的印记

报载来自中国红十字会紧急救员队的40名专业队员，临行前队员都在防护服写上个人资料，以备发生不测时辨明身份。救援队的口号是“为了灾区人民，我们无所畏惧”。

红色的防护服背面上
用深红色写上自己的名字
血型　身份证号码
写上了抗震救灾的生死誓言

写这种素材的诗　怎么写
也会苍白　浅薄
有什么比生命重要
更比用生命拯救生命伟大

我还是要写　这不应该是诗
这是对珍爱关怀生命的礼赞
此刻　在我的诗行里我看到了
紧急救援队员快速奔跑的脚印
这脚印一直向着废墟延伸
从一个援救点又转移到

另一个援救点　然后脚印上
蒙上了浓厚的碎石砖粉

于是我在望　用心在望
他背上的个人资料　那一行行
血写的字　是否也被碎沙泥尘盖住
那是他们的生命印记呵

女护士

她美丽的眼睛
美丽的脸庞
美丽的秀发
曾经装饰我的梦
拨响我爱的琴弦

那是栖息白色世界的日子
尽情陶醉过的故事
总想为在花前月下徜徉的恋人
雕塑一首抒情浪漫的诗篇

这是何其冷峻危急的时刻
悲惨的现实剪断了我的想象
让她走进沾满灰尘的帐篷
用柔弱的肩膀去扛这片倾斜的天

她的眼睛　脸庞
不再那样妩媚　白净
乌黑飘逸的披发

也被她无情地割弃

此刻　我在电视里看到她
一时想不起她的名字
但我记住了她
曾经的每个动作和那庄重的姿势
我知道　这才是世界上女人
最动人的美丽

你能给我时间吗

北川县民政局长王洪发失去了儿子和15位亲人，他怀着巨大的悲痛救出12条生命。记者问他："你失去这么多亲人，伤心吗？"他说："我想哭，你能给我时间吗？"

时间　时间
生命的时间
时间的生命
与时间赛跑
与时间夺回生命

他在奔跑　呼喊
机械似地奔跑
拼命地呼喊
他想让所有的人知道
我们不能放过一分一秒

他又爬上了倒塌的楼层
使劲地摇动断裂的水泥板
他浑身沾满了泥土
仍不能盖住手臂

鲜血刻下的痕迹

他见人就救　不声不响
他用手从废墟里刨出了 12 条生命
可自己的儿子　却埋在那片废墟里
他不是不去救儿子
他知道儿子已经走得很远

他仍在飞石走沙的险境中奔跑
他又朝着儿子走远的方向奔跑
他知道自己追不上儿子
但他知道一定要追上时间
他在奔跑呵

一个人的婚礼

报载抗震中两名消防队员举行网络婚礼履行爱的约定。“我没有推迟婚礼，是因为希望他能安心工作，心里不要有惦念。多一份救援力量，灾区就多一分希望……”

——新娘常芳

情爱　爱情让常芳和郎猛
以生命的名义注入新的内涵
她们的心跳是如此的激荡
激荡的暖流中沉淀着凝重苍凉

也许　不能有也许
地震后的青川依然还有余震
依然还在倒塌房屋
还在深埋一个又一个无辜

我愿意为你　我愿意为你
身穿警服的新娘在
白色投影板前静立　她的心
早已飞到了抗震救援的前线
手举矿泉水的新郎

满身沾满尘土　对着网
络深情地说　我在这里挺好
我爱你们　庄严的军礼代替了拥抱

夫妻情长　天各一方
18 分钟的网络新婚典礼
是献给灾区老乡的一份爱
这份爱会和青川的山水一起美丽灿烂

钢铁的翅膀

银色的机翼　拍打着云的浪花
载着使命的崇高
责任的神圣和军人感情的深沉
在飞翔　飞翔在
云雾茫茫的航道上

似真似幻的云岛在云海沉浮
若近若远的云浪翻卷奔腾
是沟壑　深涧
断壁　残岩
是荆棘乱石
险谷飞瀑
在能触摸太阳的云霄俯瞰
脚下是一片不可测的白色迷茫

15 名中国的空降兵
在他们的训练日记上
也许没有 5000 米高空跳伞的记录
但在心灵的日记上　他们却有

一个个坚强意志和无畏精神
书写的脚印

跳吧　祖国在看着你
全国人民在看着你
你的母亲　妹妹
你的战友　你的心上人
都在看着你
他们眼睛都泛着泪花
为了你爱的人民　为了你头上红星的承诺
为了曾经的梦想和眷恋
为了人民子弟兵　从南昌城头听到
的第一声划破黑暗的枪响
跳吧　快张开你钢铁的翅膀
哪怕那是生死一搏

中国军人　义无反顾地
从 4999 米高空跳下去了
是去拥抱自己珍爱的时代
惦念的父老父亲　是去告诉这片山水
空降兵的血肉之躯
会与祖国山河同在
这一跳　惊动世界
这一跳　豪迈精彩
驱散了汶川上空的迷雾

扫荡了废墟上飘浮的尘埃
受伤的树木花草
第一次昂起头凝望透出云层的霞光

此刻　在消融的凄风苦雨里
所有冰冷绝望的心
都流过温暖的血液

他　一天飞了四趟映秀

余志荣的家在汶川灾区，他与家人一直联系不上；他驾驶了总理到汶川的座机；他，一天飞了四趟映秀。

直升机　在天空飞翔
划出一条清晰而壮美的弧线
我感到格外的亲切　激动
因为 30 年前　我也是空军战士
曾在直升机上俯瞰
祖国美丽的河山

此刻　飞翔在汶川上空的直升机
搭起的是一道空中的生命线
我看着格外的感动敬慕
因为他们的飞翔　是为了拯救灾区人民
这是在高原的崇山峻岭间冒雨飞行
每一次飞行都意味着艰难险重

余志荣　一个有着 5000 多小时
飞行经验的羌族飞行员
他强忍心中的悲伤　放弃

与受灾家人的联系　肩负
光荣的使命　毅然踏上航程
在云空中深情地祈福亲人

人民的空军　血性的飞行员
总理在飞机上留下的惦念
也会让你时刻惦念
总理在飞机上留下的叮嘱
也会让你永远牢记
飞翔吧　这是一条最珍贵的航线

我们都是一家人

当热血和意志化作暖流融化冰雪

祖国的春天更加展现蓬勃灿烂的姿容

当神圣的奥运圣火在神州隆重传递

龙的传人正用激情和自豪书写共和国的壮丽和光荣

此刻全世界的目光

都在深情注视中国

古老的北京天安门城楼

正升腾同一个世界梦想的辉煌和缤纷

当我们共同举杯迎接八月盛大的奥运庆典

当我们战胜冰灾正挺进在新的征程

地震　这个我们不忍听到的消息

地震　这个撕裂心肝的天灾

席卷着无情的暴风雨和惊天巨响

就发生在今年五月十二日十四点二十八分

富饶美丽的四川盆地在摇晃颤抖

光明的世界顿时蒙上一层阴影

大地的哭泣

生命在呼喊

一切自然界的生态和美好被埋葬
一切人世间的幸福和向往被碾碎
公路　厂房　学校　农舍
商店　桥梁　高楼　车站
都在瞬间变成废墟化作云烟
都在残酷地噬咬十三亿人的心灵
面对电视播放的灾情和主持人沉重的解说
每个家庭都沉浸在巨大伤痛和无限牵挂的感情旋涡
遥望震区同胞处在生死存亡的艰难险境
谁又不想飞越关山奔向抢救的前沿
我们都是一家人
我们都是同根生
我们一道创造新的世界
我们一同铸就中华文明
曾经冲破了多少风雨如磐的岁月
曾经创造了多少惊天动地的巨变
幸福是共同的
欢笑是共同的
困难是共同的
灾难是共同的
我们不会忘记
当洪水泛滥的关头
你们伸出援助的手至今我们手中还有余温

当冰雪封住大地的时候

你们和我们一道抗击严寒

坚冰就在我们共同的拥抱中消融

患难同谱爱心曲

又话巴山夜雨时

今天我们会同样牢记和坚决执行

总书记向全党全国人民发出的抗震救灾的伟大号令

此时我们会同样珍惜和紧急行动

动员千军万马去拯救遇难的同胞帮助重建美好家园

要让城市重新点亮灿烂灯火

要让学校重新飞扬笑语书声

要让乡村重新绽放万紫千红

要让山水重新展现如画美景

要让黑色的日子永远消失

要让光辉的未来在手中诞生

我们都是一家人

我们情胜骨肉亲

四川的父老乡亲兄弟姐妹

汶川的山山水水田园乡村

我们来了　我们来了

全国人民都和你们在一起与灾难抗争

这是世界上最庄严磅礴的大救援

这是中华民族筑起的最伟大圣洁的精神长城

看军旗映日人民子弟兵正冲在抗灾最前线

听机声隆隆各路抢险队伍日夜奋战奏凯旋

冷眼地震逞凶顽

众志成城可回天

让我们昂起头　挺起胸

生死相依　心心相印

辟开大道　迎回明月清风

让我们踏平坎坷　扫尽阴霾

用团结拼搏重绘锦绣蓝图

用血肉之躯再写英雄史诗

拥着文明繁荣平安和谐的中国

意气风发地走在新世纪的黎明

用爱撑起天空

对于爱　我们该如何诠释
当汶川的地震
无数鲜活的生命
顷刻埋进废墟

当救援的队员
攀上瓦砾
去援救遇难同胞
自己也有生命危险

当一床棉被
一袋大米
一元钱
一滴血

从天南海北　长城内外
滚滚流向汶川
当空军的飞行员冒险
开辟生死航道

对于爱　我们已经
得到最完整的逻辑
用爱撑起我们的天空
我们共同的名字就叫中国人

大救援之歌

这首歌是全中国人民共同书写的悲壮之歌挺进之歌，大爱之歌，雄起之歌，我们要大声地唱给世界听，证明中国是如此的神圣，如此的壮美！

山　重重叠叠的崇峦峻岭
峰　巍巍峨峨的奇巅绝顶
江　浩浩荡荡的涌浪狂潮
河　滚滚滔滔的洪流活水
都不再沉默
也一直没有沉默
都要昂起头
也一直在昂着头

让我们用澎湃如雷的声音
用气壮云号哭
唱一曲 21 世纪之初
中国大救援的悲壮之歌
我们要告诉世界
8 级地震后的四川汶川和人民
没有倒下　依然挺立在蓝天下

没有懦弱　依然知道该怎样继续生活

二

2008 年 5 月 12 日 14 时 28 分　对于汶川
这是一个黑色的时间
悲哀的时间　惨痛的时间
残忍的时间　毁灭的时间

对于中国　是一个震撼
十三亿人民心灵的时间
涅槃意志的时间　激励勇士的时间
凝聚力量的时间　释放大爱的时间
巴山蜀水流淌着热泪
富饶的盆地挂满了愁容
满目疮痍　遍地哀鸿
山变秃了　河断流了
高楼倒了　村庄陷了
成千上万同胞惨遭劫难
瞬间就失去鲜活的生命
鲜血和躯体蒙上厚厚的崩尘土

铁轨上火车在急促地喘息
苍凉的汽笛声在昏暗的天空回旋
公路上汽车坠落山底
热闹的小镇顿时化作一片废墟

生民之痛　国家之殇
民族之哀　华夏之伤
怎不让人肝肠欲断
灵魂欲裂　心肝欲血

我要问苍穹　黄土
我要问天风　地泉
一切无语　也许与人世同悲
一切凄然　也许与天地有识

灾情就是命令
时间就是生命
远望　西南　这个令人心碎的地方
总书记和总理心急如焚
伟大的决断如闪电震撼神州
比风的速度更快捷
比雨的速度更镇定
总书记的指示力量千钧
十万大军在浩荡集结
总理乘坐的飞机
劈云破雾　直飞四川成都上空

一曲悲壮雄浑的大救援之歌奏响了
一场全国抗震救灾的大决战打响了
军旗招展蔽日月

机声隆隆震八方
飞驰的火车　奔驰的汽车
轮船　舰艇
挖掘机　推土机
直升机　医疗器械
如潮水般向汶川汇聚
如风雷般在汶川滚动

二

汶川的天空是灰色的
汶川的树木是灰色的
汶川的桥梁断了
汶川的建筑物上飘浮着尘土浓烟

求救的呼喊　不断从倒塌的楼房传出
惊慌的人群在路边上奔跑
老人小孩在痛苦哀号
猛烈的风雨扑面而来

悲伤　极度的悲伤
无奈　极度的无奈
绝望　极度的绝望
痛苦　极度的痛苦

面对埋在地底下的亲人
面对无家可归的绝境
面对鲜血淋漓的伤亡
面对断水断电的废墟

汶川人民哭了
他们抱在一起大声痛哭
哭呵　悲愤可以筑墙
泪水可以成河
别哭　站起来
要挺住　我们来了
别哭　挺起胸
要顶住　我们来了

来了　人民的解放军　武警官兵
来了　消防战士　白衣天使
来了　满车的物资　满船的药品
来了　抢险先锋队　志愿者

快刨开水泥石砖
快吊起断梁残臂
快修通公路桥梁
快扛起帐篷 木板

漆黑的夜晚有了灯火
受伤的灾民有了医生
流浪的儿童有了帐篷
呼救的废墟前围满了解放军

抬着一个个被救出幸存者
扶着一个个脸色苍白的伤病员
还有小生命在艰险中诞生
清脆的哭声划破了沉重的黎明
长大了让妈妈告诉你
你出生的帐篷在哪里
从小就要学会坚强和担当
知道生命的价值是什么

三

飞机　在天空盘旋
汽车　在坎坷的公路上颠簸
翻山越岭挺进的战士
头上纷飞着乱石碎土
天黑　路滑　寒冷　饥饿
齐向救援队伍袭来
极度劳累疲倦
和狂风暴雨一起作恶

心中有温暖的人
在接受饥寒的挑战
心中有大爱的人
在遭受灵肉的折磨

严峻　让我们懂得严峻
抗争　让我们学会抗争
灾难和死亡　关怀与珍爱
让我们知道什么是生命的圣火

她就是圣火　一个年轻的女警官
用自己的乳汁
喂养 9 个嗷嗷待哺的婴儿
却几天不见自己才 6 个月的孩子
他就是圣火　一个共和国的将军
身先士卒　冒险闯过泥石流
指挥救援部队　一次又一次
转战在最危险的地域

这就是中国人
这就是中国的精神
任何力量也击不倒中国人
中国人可以战胜任何灾难和艰辛

四

握住一双双带血的手
他们的眼睛有些湿润
他们用手势表达语言
我们是来救援的俄罗斯人
还有日本　法国　英国　德国
韩国　美国都以不同的方式
在援助中国　援助汶川
多种肤色的国际友人发出了共同的声音

这是一个真实的故事
讲述着新加坡救援队员的感动
为了拯救一名中国妇女
他们小心翼翼地用手挖掘

这使我想起了白求恩
想起了他的高尚品德和精神
只要世界充满爱和关怀
什么坎坷都可以踏平

汶川呵　请你和祖国人民
各国友好朋友紧紧握手吧
握住这段沉重岁月涌来的暖流
握住这个世界最庄严隆重的援救

汶川呵　请你和你的儿女
记住 5 月 12 日 14 时 28 分这个心痛的时刻
和 5 月 19 日至 21 日全国哀悼日
这可是党和祖国给你们最伟大的疼爱和关怀

我们没有理由再忧伤徘徊
我们只有坚定地选择奋起加油
选择了就不放弃
要加油就要敢于沧海横流

让我们毅然决然走出废墟的阴影
用坚硬的拳头向祖国宣誓
汶川是我们永远热爱的汶川
汶川必然要回归天府之国最美丽的绿洲

大地震　大救援
大气派　大风流
只有光荣的中国共产党人
只有伟大的中华民族

让我们都伸开双臂
站在迎风招展的国旗前
放声高唱大救援之歌
加入全面建设小康社会的大合奏

致敬　向亲爱的党

致敬　向伟大的祖国

致敬　向各族人民

致敬　向充满光明的宇宙

挺进壮曲

祈祷　祈祷
风在祈祷
云在祈祷
森林在祈祷
花草在祈祷

祈祷　祈祷
江河在祈祷
山川在祈祷
草原在祈祷
雪峰在祈祷

祈祷　祈祷
刚刚咿呀学语的幼童在祈祷
白发苍苍的老人在祈祷
十三亿中国人在祈祷
全世界的爱在祈祷
挺进　挺进
铁轨　公路在挺进

波涛　云浪在挺进
关怀　信心　希望在挺进
勇敢　坚韧　道义在挺进

挺进　挺进
十万人民子弟兵在挺进
浩浩荡荡的志愿者队伍在挺进
绵绵不断的物资在挺进
全世界友好朋友的援助在挺进

挺进　挺进
全中国所有的声音和祝福在挺进
全中国所有的城市乡村在挺进
全中国所有的眼光和抚爱在挺进
全中国的一切都在挺进

遥远的祝福

5月17日晚，在保加利亚首都索非亚，中国留学生一边手持烛火，一边在爱心卡片上写下对四川地震灾区同胞的祝福。

我知道　你们站在遥远的索非亚
此刻心却离四川地震灾区很近
真的很近　你们的眼泪　你们的哭泣
你们手中的烛光　写在爱心卡的祝福
受灾的同胞都看得清清楚楚
听得真真切切

真的很近　全国人民也一样
真的很近　在海外的留学生都一样
真的很近　所有的祈祷和祝福流进了
灾区同胞的心　也因为很近
在天堂的亡灵也听得
激动　静心安魂

同学们　放心吧
震落的太阳又会在黑暗的土地上升起
震裂的田野又顽强地吐出青翠

鲜血　眼泪　惊恐　绝望
没有淹没也不能淹没岁月
的花开和蓬勃

更因为有了你和祖国
全世界朋友的美好祝福
河流不会改变方向
尘土不能窒息空气
鸟儿会在天空重新振翅高飞
也会把灾区人民的心愿送给你……

一个地震前沿记者的忆念（组诗）

他累得站不稳脚跟，他想坐下来休息一会，哪怕10分钟。他没有这样做，他继续朝前走去。他要记述这些沉重的脚印，生命的光芒和带血的呼喊……

汶川　你听见我哭吗

流淌翠绿的山
环绕翠绿的水
端着灵秀的美丽
滋润这座小城的平静
将云雾和梦想一起送向山外
川渝交通的要塞
别有民族风采
五千年的古羌王遗都
托着云朵上的街市
描绘美好的未来

熊猫站在世界的荣誉台上
在这里接受大自然和人间抚爱
如卧龙般神奇的故事

时刻在为中国添彩

而今天　就那么一刻
这一切美好和神奇
都遭到毁灭　摧残
我真不知道　这一切美好神奇
能否回来
我要哭　我要大哭呵
汶川　你听到了吗

海子　你是我的心痛

九寨沟呀　你有比诗歌
更激情和梦幻的景致
让无数游客倾倒　眷恋
海子就是镶在你诗行
的瑰丽韵律上
一枚闪亮的钻石
它蕴藏着倾城的姿色
传说每年的七八月
海子的心坎上都要泛出
血一样的红藻
它是否是为了悼念曾经地震
吞没的 3000 亡灵　或是

对凄美风景的一种解读

我不愿去拷问时间
因为此刻的时间
已经洒干了血液
只是我不知道现在海子
它的一切

海子　你是我的心痛

都江堰　请接受我的祈祷

都江堰　你好吗
我在废墟上呼喊你
我在血泊里呼喊你

李冰　你好吗
我在冷月照耀下呼喊你
我在黑风吹打中呼喊你

鱼嘴坝　宝瓶口
离堆　二王庙都好吗
我在艰难的行走中呼喊你

我不相信
地震能吞下你
你的眼光　你的胸怀
你的智慧　你的情爱
历史两千年的冶铸呵
你更加风姿不改

我也知道你没有儿子
而后人称你们父子
其实我们就是你的儿子
孙子　孙子的孙子
这子就是蜀地的子民呵
民心凝聚的丰碑
什么力量都不能摧垮

我更知道你仍站着
冷眼地动山摇　江河改道
可我还是要为你祈祷
祈祷　不是为了感激
不是为了消灾
而是为了一盏
不灭灯
永远照亮天府世界

爱心集结号

这是在长沙街头火车站的一个真实镜头。

谁的心　你的心　我的心
大家的心都在悬着　痛着　哭着
大地还在摇晃　震颤
一条又一条鲜活的生命
被恶魔吞噬　一个又一个被压伤
的同胞　在流血　呼喊　呻吟

这就是深沉的带血的集结号声
谁的手　你的手　我的手　大家的手
都伸过来了　一个接一个排成长长的队伍
排像一座长城　那么巍峨　肃穆　从容
我看到每双泪眼都荡漾着心的祈祷　爱的真诚

这一天　一千多个自愿献“爱心血”的青年
在车站的献血车上
伸出自己的手臂
让心中的祝福
带着温热流淌

这就是长沙　湘江　岳麓山
这就是江南　塞北
就是整个神州大地呵
到处都有集结号声
到处都站起新的长城
祖国放心吧　中国一定赢

震撼中国心

震撼　是一种力量
震撼　是一种声音
震撼　是一种希望
震撼　是一种精神

震撼中国心
点燃了所有的火焰
去照亮昏暗的汶川
召集着所有的关怀
是抚平母亲的伤痕
装载着所有的挚爱
去安慰惊恐的学生

震撼中国心
让我们用更大的声音
去呼喊幸存者生还
让我们用巨大的力量
去撑起倾斜的天空
让我们用生命的希望
去重建倒塌的家园
让我们用顽强的精神
去扭转沉陷的乾坤

生命的奇迹

汶川映秀镇埋近179小时的幸存者马元江获救，创废墟下生命的奇迹。

假如不是确切的事实
假如不是来自目击者的现场报道
谁能相信　被埋179小时的幸存者
还会奇迹般地出现在人们面前

有人不很相信意志的力量
甚至不愿承认存在的现实
而从50小时到100小时179小时
该是一个何其艰难痛苦的坚持

救援者不抛弃
幸存者不放弃
大家都坚持　在绝望和坚持中
我们便赢得胜利

让我们透过厚厚的水泥块
倾听一次马元江的真实讲述

走近救援队员　走近医生护士
走近一个理性的思维空间

去寻找光明如何代替黑暗
坚强如何能胜软弱
痛苦如何换来欢乐
生如何驱赶死的逻辑吧

心颤的那一刻

大地的震动　我也
感到　瞬间心在打战
没有想到　红色的五月
会变得如此悲哀

我听到汶川地震
心颤的那一刻
那片土地已是百孔千疮
所有的灵魂都在呼喊

都江堰　茂县　绵竹
我都不陌生
那里的风景
曾滋润我诗的花朵

现在我要带着祈福上路
去寻找曾经留下的脚印
探望写诗的窗口
还有当年陪伴的朋友

我真不敢多想　那片土地
现在的模样　更不敢相信
珍藏的爱会毁灭得那么快

北川　大声唱吧

报载，北川中学学生清唱《国歌》上地震后的第一堂课。

北川　我知道你心痛得很
你的父老乡亲　你的孩子
你的富饶的土地
你的热闹的城市　你的美丽乡村
你的明亮的教室
还有鲜花装点的幼儿园

这一切　都在瞬间毁灭
凄风苦雨灰尘　鲜血啼哭
都在裹着乱石崩土
贴着断墙残壁飘洒
楼倒了　桥断了
人死了　伤了　失踪了

北川是坚强的北川
北川是不屈的北川
北川的幸存者从沉陷的地上站起来
从倒塌的废墟里站起来

从失去亲人的悲哀中站起来
从自己受伤的血泊里站起来

站起来的　还有北川的老师学生
站起来的　还有临时的教室
沾满血迹尘土的书桌　课本
站起来　就要上课　就要面对严峻的生活
站起来　就要吸取知识的力量
去重新建设被灾害破坏的山河

请擦去眼眶的泪水
我们不用钢琴伴奏
不用去废墟里寻回音乐
就用我们咬出血痕吞下了
凄风苦雨的嘴唇和嗓子
清唱一回《国歌》

“中华民族到了最危险的时候
每个人被迫发出最后的吼声”
激奋　悲烈　深沉　雄浑的歌声
从教室里飘出　它飘在空中
穿越风尘　穿越悲哀　穿越彷徨
在北川的土地上回旋　升腾

北川　大声唱吧
唱出你心中的大悲大哀
唱出你胸中的苦痛伤情
唱出你意志的顽强坚韧
唱出你勇敢的挺立奋进
北川　大声唱吧

灾区的早晨

一夜的雨　一夜的愁
在清晨停止了
割断了
疏枝的绿叶上
露珠睁亮了眼睛

它在瞭望哭泣过的世界
水灵灵地接受太阳光
的抚慰
倾听帐篷里传来
婴儿的哭声

五月的热气开始蒸腾
岷江涨水了
江边的小镇
已抖落了悲伤的皱纹
那么多的军人　志愿者
戴消防帽的　戴着红十字的亲人
和老乡一道在拥抱

地震后第一个阳光明媚的早晨

你看天空多么晴朗
隆隆的飞机发动机声异常亲切
飞来了送帐篷　药品的直升机
一圈一圈地在头上盘旋

慢慢地降落吧
你给我们带来的希望和力量
太沉　太沉

唐山地震孤儿

30 年前　他们也有同样的遭遇
因此他们的心
特别痛　30 年前他们也
看到这样的惨状
因此他们的情
特别浓

30 年过去了
他们眼前的阴影
没有最后消失
想不到汶川
又一次震裂了他们的灵魂

来了，唐山地震孤儿
救援队
他们来得神速
来得勇猛
来得坚定

他们知道眼前的乡亲
就是当年的自己父母
眼前的废墟
就是当年自己倒塌的家园

没有多少语言
只有默默地行动
唐山地震孤儿
在把爱的深情
传递

大爱无疆

从电视里我听到国家民政部发出了全国各地对口援助地震灾区的报道，心情十分激动。

阳光的手　在抚摸
满目疮痍的土地
时间的温情
让伤痕累累的心灵
又在回忆往日的岁月

总有一种期待
在储藏力量
总有一种牵挂
在时时守望
总有一种心情
在寻求表达

汶川　该为你做些什么
同胞你说吧
要知道　惨烈的悲剧
已定格成坚持　坚持

仍需要有百倍千倍努力

坚持是对死难同胞
最好的悼念
坚持是对生者
最好的慰藉　坚持
不是淡忘心痛

坚持使我想起当年
唐山　地震后也是一片废墟
仅仅十年　唐山站起来了
灾害沉淀成凝重的历史
坚持却铸造了宜居新城

历史证明　只有坚持
才能延续抗灾积蓄的伟力
只有坚持　才会把大救援
的情感凝固升华
开辟崭新天地

大爱无疆　心手相牵
和谐中国
春色无限　看燕舞莺歌
的时期　谁不恋烂漫的繁花
绽放的缤纷美丽

重建山水 生态　锦绣家园
构筑历史文化精神家园
让梦想向往秩序
喜悦歌声一起流动
让灵魂在新美的时空栖息

坚持 10 年吧
用 10 年一定要站起
让我们与汶川 10 年同行
同 10 年再创辉煌奇迹
决不辜负以后的百年　千年

大爱无疆
大爱若水
大爱如歌
大爱无敌
大爱如砥

生活还在继续

为了生命　向前进发
汶川的山　河流却在呐喊
亡者的灵生者的魂
带血的身躯破碎的心
废墟　孤岛　死地　黑雨
让我们一同读懂了什么叫残忍
苦难　天崩地裂　生灵涂炭
哀鸿遍野　严酷　绝望
更读懂了什么叫尊严　担当
勇气　凝聚　坚毅　挺立和忍受

都只因地球不会停止转动
大自然仍然有日出日落
日子不会从此消失
生活还在继续
是的　生活仍在召唤
用它流过眼泪的土地
捧出金黄的麦浪　用它受过伤
的树干　举起遮挡风雨的绿荫

用它染着血斑的泉水
去洗刷脸上的愁容

我伏在书桌上　读汶川的痛苦
汶川的悲哀　读汶川的
壮烈　汶川的突围
读着半旗在空中飘展的神圣
读着国家的期待和民族的精魂
读着民族脊梁的巍峨不屈
读着灾难铸就的豪迈和顽强
读着哭声呻吟变成澎湃的江河
读着哀思　祈祷化作雨后的彩虹

读呵　读出一窗灿烂的曙光
微风吹动的窗帘　飘出明丽的温暖
有鸟儿的鸣叫声传来
有汽车的喇叭声传来
有庙宇的钟声传来
有市场的吆喝声传来
有壮美的歌声传来
有清新的空气流来
一天的生活又开始了
是的　它在我们的泪眼前继续

我激动地拉住那双手

那双拯救了100多灾难兄弟的手
他的手很有力却也在微微颤抖
我问在生活继续的旅途上
此时汶川的父老乡亲
是住在破损的旧屋里
还是在新支起的帐篷里
他们穿的衣服够吗　吃的东西有吗
生活在继续　生活需要的一切
也能继续吗

我的心又开始悲凉　叹息
我的手有些疲倦　痉挛
竟抓不紧手中这支忧伤的笔
我的眼睛有些朦胧
苦涩的泪搅得思绪游离
我的梦开始了痛苦的旅行
我的语言浸满了伤感的色彩
我的衣袖饱蘸着岁月颠簸的汗迹
我的肩膀搭上了命运的桥梁
我正在与生活继续对话

是的　我想起了那段美好的日子
那段生活在汶川的生活
山川之美　让我感悟人情之美
九寨沟的歌声常在心头低回

吃一碗鱼腥草的滋味
远比美酒陶醉
老乡摆龙门阵的兴奋
让我笑痛肚皮几回
是巴山夜雨涨秋池
又在杜甫草堂吟诗归

这就叫生活　生活原本就是这样朴实
原始　传统　丰富　多彩
幽默　创造　享用　记忆
纵情恣意　无怨无悔
并不需刻意设计　也不需要
矫情描绘
只有真真实实　勤勤恳恳
平静　友善　挚爱　智慧
才会时刻呈现微笑和潇洒
艳阳　和风　明月　雨露就会与你同在
伸出我们的手臂
高举心中的信念
拥抱生活的感召
为了生命　创造生活　我们要向前进发
向前进发　在这个家园被摧毁的时刻
向前进发　在这个大地被撕裂的时刻
向前进发　在十万大军雄壮开来的时刻
向前进发　在十三亿人垂首奋起的时刻

向前进发　在全世界的目光都尊敬地望着中国的时刻

这个时刻　生活还在继续
这个时刻　生活教我们怎样继续
是的　人类的生活都在继续
可继续书写的辉煌与锦绣
一定永远属于世界东方
这个伟大文明灿烂的民族

汶川呵　用你的肩膀
扛回一个新天地吧
汶川呵　用你的大嗓子
对着苍穹大喊吧
加油　加油
我们加油呵

雄起　一个共同的声音

加油　加油
垂危的生命在加油
受伤的同胞在加油
失去孩子的父母在加油
没有了父母的孩子在加油

加油　加油
为减少痛苦在加油
为抚平哀伤在加油
为赶走寒冷在加油
为扫除惶恐在加油
加油　加油
每一双手　每一双眼睛在加油
每一声安慰　每一声鼓励在加油
每一台手术　每一次搜救在加油
每一秒钟　每一条道路在加油

雄起　雄起
灾区同胞的坚强在雄起

灾区同胞的希望在雄起
灾区大地的一切生命在雄起
灾区城乡的所有力量在雄起

雄起　雄起
即使来不及告别就走向天堂的亲人
即使还埋在废墟下的灵魂
即使还在手术台上抢救的伤员
即使还在遭受余震威胁的生命

雄起　雄起
汶川一定会雄起
四川一定会雄起
中国一定会雄起
雄起永远属于不倒的精神和旗帜

敬礼　以生命的名义

从报纸上看到获救后的小朋友，在担架上向救援士兵敬礼的照片，我的心被震撼，被感动，被振奋，这个敬礼在告诉世界，只有中国才能创造人类大拯救的奇迹。

汶川　汶川
我在行路上　饭桌前　在梦里
在月光下　在流动的车流里
一次一次地呼唤你
我和我的家人　这些日子
总是满怀沉重　忧伤　眼睛盈满泪滴

我时刻在倾听呵
倾听整个世界给你的温暖　挚爱　力量
顽强　信心和生活的希冀
遥望天府之国的云霓
谁不想飞越万重关山
奔赴大救援的前沿

此刻　我又一次翻开报纸
紧缩的心依然充满惦念

我在祈祷更多的遇难同胞生还
人生第一次如此害怕时间流逝
因为我知道　每一秒钟
都决定着百条千条生命

“黄金救援时间”是无声的命令
在催促千军万马　汽车　飞机　推土机
帐篷 食物 药品 手术器械 水 电 油
还有公路 堤坝 桥梁一同站起
快张开血肉的手臂　推开石砖崩土
让每一个脚印都踏出拯救生命的奇迹

是的　你们没有辜负祖国人民的期待
山崩地裂　危难险阻都在你们面前
低头退却　天空直升机飞转的旋翼
在驱散阴霾　迎接阳光穿透绝望的雾幛
是的　一个团结　理智　充满悲悯和坚强的民族
才能巍峨地托起倾斜的天空　沉陷的陆地

我读着这张摄自悲惨现实世界的照片
读懂了生命在与死亡搏斗中孕育的人世间
最壮丽最纯真最圣洁的童话
你看　这个躺在担架上满身尘土的小朋友
庄严地举起受伤的小手　旗帜般鲜亮的小手
在向拯救出自己的士兵敬礼

也许他说不清继续活下来的意义
但他却知道是谁给他活着的勇气
也许他根本不知道此时自己父母的命运
可他却知道幸福美丽的家园
已在瞬间倒塌　眼前拯救队员的目光
和自己的爹妈一样亲切慈祥温暖

我知道　你这是代表爷爷奶奶
爸爸妈妈　哥哥姐姐　所有的乡亲
还有自己的小伙伴敬礼
你的敬礼是如此的纯洁 宁静 深情
一定会感动整个中国
此刻我的心　也在颤抖　哭泣

我相信　全世界的眼光
都看到了你举起的手　看到了你举起的生命火炬
那火炬的光焰　正在烧尽日子的黑色
正亲吻霞光 星光　绿色重新走回延续的岁月
我愿你小小的年纪　从此不再
背着悲怆和孤独前行
敬礼　小手在推开扇扇向生之门
敬礼　幼稚的心在唤醒天地
敬礼　你以生命的名义向死神和一切毁灭宣战
敬礼　废墟下孩子翻开的课本

也能掀开石砾的沉重和残忍
天不再昏暗　光明不再遥远

70 小时　90 小时　100 小时　120 小时呵
连地球也在颤动
十三亿人都在等待　黑色日子后的第一个黎明
第二个黎明　第五个黎明……
一个又一个受伤者用生还的悲壮涩笑
在共和国的天空编织万道祈福的晨曦

要问奇迹是怎样创造的
你只要摸一下废墟边的每一块浸满血泪的砖瓦
就会找到最明确的答案
你只要望一眼从四面八方和世界各国
奔涌而来的救援队伍爱的潮水
就会知道真正的上帝在哪里

我看到涂炭的汶川
始终有中南海的灯光照耀
我听到呜咽的岷江　仍日夜
流淌着北京传来的温暖声音
生死相依　大爱如海
心心相印　众志成城

一个无限关怀珍爱生命的世纪

在极度的痛苦和巨大的不幸中涅槃分娩
汶川　汶川　别再悲伤呼号
快叫你的儿女重新抬头挺立
让我们同时举起森林般的手臂呵
向伟大的党和祖国人民敬礼

世界上最美的微笑

报载都江堰聚源中学初三女生高莹在地震中表现得非常勇敢，她的微笑感动了无数人。

高莹 我真的不敢相信
你如此纯洁 灿烂
美丽的微笑
会是在废墟下
在输液管晃动的时刻

那时刻
天空很昏暗
空气很郁闷　碎石
尘土在纷飞
你的耳边
一定还传来凄惨的叫声

而你的心上
没有恐惧　绝望的
阴影　受伤的双手
在流着鲜红的血

连失去的双腿
也在坚强地告诉
我们　你没有哭

你的微笑
是绽放在凄风苦雨里
是绽放在那双双
正掀开残忍水泥板
的一瞬　是在你
真切地看到阳光
穿透了废墟的缝隙

你的笑　是勇敢的笑
热爱生活的笑
是驱赶痛苦的笑
拥抱生命的笑
是亲吻祖国的笑
眷恋和感恩的笑
……
你的笑　让多少
流泪的眼睛
放射出希望的光芒
让多少牵挂焦虑
的灵魂　有了
片刻的安慰和宁静

我相信　你的笑
会刻在哭泣受伤的
土地上　滋润
鲜花盛开
绿叶满枝
会留在人们心里
温暖流动的岁月

我也不会忘记
你的明亮圣洁的眼睛
会说话的眉
甜甜的唇
你的笑　给我的诗歌
注入了美丽的精灵
青春和梦幻
我的诗　一定会
永远年轻　因为
有一个中国女孩的美
不会在生活的
记忆中消失

为北京奥运欢呼

络绎不绝的人流　带着兴奋　激动
涌向北京奥运广场　他们的目光
都闪耀期盼　自豪　我知道他们心中
都在挥舞渴望与向往的鲜花

不会忘记 7 年前 7 月 13 日那个牵动世界的夜晚
《莫斯科郊外的晚上》优美的旋律
荡漾着盛夏北京的疯狂激动和慰勉
申奥成功的喜讯　让举国彻夜不眠

百年圆梦　百年沧桑　百年风云
黄河长江曾几番
扬波企盼　雪峰高山曾几度
翘首凝望　草原江南又绽放几春青翠

今天全世界的眼光都为这一刻凝聚
所有的关注都成了欢呼的歌唱
鸟巢在阳光下打开瞭望蓝天的窗口
水立方在霓虹灯辉煌里舞动浪漫的姿态

太阳用它炽热的温暖煮沸迎宾的花茶
绿色生态屏障用它葱郁的臂膀挽起挡尘的云墙
绿色奥运观念与东方人文精神紧密握手
在缔造同一个世界　同一个梦想

此刻像火山一样迸发的热情正在十三亿人
心中涌动　像大海一样澎湃的祝福
从四方八方向北京集结　我们脚下的砖石
每一块都承载着无比的欢欣和快乐

这里的每一棵绿树　每一株蓝草
会铭记着申奥的艰难步履
这里每一条道路　每一座灯塔
同样记录着一个国家为此付出的百倍努力

有一种象征会让你梦魂萦绕
有一种歌声会让你热血沸腾
有一种信念会让你心飞宇宙
有一种力量会让你气吞江河

这就是五环旗的深情召唤
这就是友谊与和平的庄严洗礼
这就是圣火祥云的神圣燃烧
这就是承诺的庄严熔铸的中国新经典

我看到北京的大道和街巷

都是星光的绚丽铺设
北京的高楼和庭院
都是春天的色彩装点

北京天空的纯净与空气的清新
都是和风的清悠与湿润浸染
北京的微笑和话语　都是鲜花的绽放
和芳香的飘溢

这里每一处　飞溅的友好　信任　欢乐
的浪花　这里激情　关爱　温馨的每一个
湖泊　都会荡漾我们共同的向往
梦想　崇高　博爱和眷恋
北京呀　你如此雄伟的天安门广场
如此庄严的华表和城郭
我愿和你张开的长城般巍峨的手臂一道
尽情拥抱属于你的豪迈　光荣和壮美
向北京奥运致敬
向新世纪的盛会致敬
向伟大的共和国致敬
向全世界的奥林匹克致敬

2008 年 7 月 23 日于长沙市

牛　颂

天苍苍　野茫茫
雾蒙蒙　路弯弯
远古的蛮荒　岁月的风雨
雕刻了你倔强的头角　严峻的眼光
你如柱的腿脚
踏平了饥饿寒冷的坎坷
用皮肤的坚韧挡住了沙石的袭击
年年岁岁不停息的跋涉耕耘

云瀑飞泻　涧泉回旋
江河奔腾　峰岭逶延
伴你饮露送日　驮一天晴朗
随你翻土搬石　扛满川风尘
巍峨城墙下你嵌进苍凉履痕
凌霄高楼顶你留下号角长鸣
不闻尊卑荣华背负天穹衔泥筑仓
不避雷暴冰雪俯首大地嚼草润春

有大忧　知民疾　感民悲
有大乐　闻民喜　触民欢

怀大德　倾所有　无毫存
行大义　宁折腰　献寸心
非是不食人间烟火
非是不辩世事纷纭
也知花前月下笙歌悠悠离情苦
也慕烽火疆场壮士拔剑卷残云
爱与牧童吹笛品丰收
惯逐村姑戏蝶尝羞容
因阅尽天地自然人世本色
才铸就这劳碌谦恭君子身
有智慧民族奉你作灵魂图腾
祭坛披红映你头颅千古传神
歌声是如此壮美悠扬
烛光是如此耀眼灿明

画幅是如此鲜活灵动
犁铧是如此神圣闪亮
瑰丽辞章血性文字
浩然正气风雷激荡
一如松风啸月　仰天长歌
一如红荷飘香　临池扬清
情愿肝胆从人卖
和谐盛世自扬鞭

2009 年 1 月 1 日

托起大地的画卷（组诗）

企　盼

18 年前　他走出国门
带着一个公路设计师阳光般灿烂的梦幻
那一次短暂的美国之行
在他心灵的日记上
刻下了异常强烈而绚丽的企盼

他乘坐的汽车　在高速公路上疾驰
飞一样的速度　他惊叹汽车长上了翅膀
车轮下向前延伸的公路
变成了一条宽阔的跑道
在太阳下闪闪发亮

他知道　自从在电视屏幕　或是电影
报刊照片上　看到高速公路和它带给人类
无穷的福祉　欢畅　美好　友爱
这个最初的企盼　便在蜿蜒的山脉
绿色的田野　雄伟的城郭　工厂矿山抬头凝望

也在乡亲们的睡眠里深深呼吸
也在偏僻山沟姐妹们的歌声里呼唤
即使是　月下芙蓉花开的芬芳里
大学校园书韵潺潺的流泉里
都在纵情舒展　沉淀飞扬

就是这个企盼呵　牵着江河托起桥梁
就是这个企盼呵　挽着高山敞开胸怀
就是这个企盼呵　拥着热血沸腾力量
就是这个企盼呵　披着星光移石填壑
就是这个企盼呵　感受北京霞光温暖

在神州大地红太阳的故乡
湘江儿女蘸着大地涌动的浩荡激情
智慧　光热　在 1996 年
那个编织五彩缤纷的季节
终于描画出企盼凝固的第一条彩练

扑向你呵　跨越世纪的高速公路
你是春天故事里最生命灿烂的诗行
贴你啊　在朝晖里奔跑的金色大道
你是祖国腾飞最豪迈壮丽的形象
正托着大地铺展最新最美的画卷

大山的琴弦

多少代　多少年　水迢迢　路漫漫
山窝的凤凰在穿越风雨飞翔
烟雾沱江　苍凉矮寨　还有南长城的烽火沙砾

都在诉说　倾听古老岁月编织的歌谣

她是边城哺育的歌手　只有
山林的绿叶　田垄的秧苗
挂满相思的紫藤
才知道她心中的向往
月下的夜晚
会给她怎样的爱恋和歌唱

站在村头　她在望对面那座高山
坐在木排上　她在看山顶上飘着比梦更美的雾幔
她的眼睛和嘴唇同时在幸福地吻阳光　绿色　空气的甜润
更有那条　在大山腰间的琴弦正在她心中奏响

山脊托着山歌的慷慨憧憬
山泉流着山歌的追寻　感恩
大山的琴弦上跳动着奔跑的富饶文明的音符

满载幸福的欢畅　世界的精彩　未来的缤纷

她再也不用跋山涉水匆匆赶路
她再也不用背着沉重的行囊踏雪破冰
祖辈和边城留给她千首万首深情的歌曲
都已化作她梦中的蝴蝶和彩云
从此　从边城高速公路上开出的汽车
无论奔向哪里　哪里都有
边城姑娘美丽动人的歌声
哪里就有永远欢乐的生活绿荫

2009年4月28日于湘江之滨普瑞宾馆

生命的诗篇

——参加《雷锋精神论坛》有感

这是一个诗意盎然夜晚
湘江的波涛举着明月在荡漾
夏日爱晚亭的枫叶依然青葱着生命
在倾听时代呼唤一个闪光的名字
雷锋　雷锋
你是从潇湘热土上走出的士兵
你的军衣上仍然留着团山湖农场的泥土香
你的眼前仍有钢花在飞溅
你的生命的光辉就像明灯
在我们心中温暖闪亮
我在想　许是韶山冲的清泉
浇灌你青春的花朵　许是岳麓山的钟声
唤醒你梦中的信仰　许是九嶷山的红霞
绽放你阳光的笑容和思想的璀璨
你的胸中有江河的澎湃
你的脑海有高山的巍峨
你的日记有崇高的思考
你的歌声有时代的旋律

你的照片有美好的向往
你的足迹有永远的光芒
没有什么比灵魂的高尚更高尚
没有什么比人格的庄严更庄严
没有什么比大地的慷慨更慷慨
没有什么比明月的圣洁更圣洁
没有什么比奉献的辉煌更辉煌
只有你 雷锋啊
平凡而伟大 时尚而先锋的雷锋啊
才能承载崇高的赞美
才能承载祖国的希望
此刻 我就有一种感觉
神州的山水正涌动人民深情的思念
流动的岁月正抒写新世纪雷锋精神的诗章
一个正在崛起的东方文明古国啊
一个正在振兴的伟大民族啊
你仍然需要信仰的火炬 精神的灯塔
和人性的霞辉照耀 沐浴
你仍然渴望道德的楷模 先锋的旗帜
和梦想的彩虹滋养引领
这就是我献给雷锋壮丽生命的诗篇
这就是是我用热血写出的心灵祈愿
有人问 这个世界会好吗
面对世界 面对未来 面对生活
这个提问很沉重 却让我们深思的醒悟

我要说这个世界虽然纷繁复杂
变幻万千 抑或还有雷霆风暴 迷障颠簸
然而 我坚信 这个世界一定会越来越美好
因为 新中国铸造了一个
属于当代和未来的雷锋和雷锋精神
因为 在我们心中拥有一盏永不熄灭的神圣明灯

2012 年 5 月 15 日凌晨

雷锋朝我们走来

一

雷锋朝我们走来
他的步子迈得轻快　欢畅
脸上绽放着阳光的微笑
脚下踏着春风的节拍
背着老乡长送给他的书包
他感触到了乡亲们的美好期待
书包里荡漾着从未有过的喜悦和豪迈

这个季节岳麓山的枫叶
滴着翠绿的向往　湘江的波浪
扬起银色的船帆
歌声和红领巾一起
在天空和大地间飞翔
学校的窗口和乡野的小路
都朝太阳升起的东方奔跑

久违的竹林　醒来了他童年的脚印

消失了筒车歌唱的河岸
又盛开了野花的灿烂
留在心灵伤口上的记忆
把一条苦涩的小溪
赶进他课本的字行
从此 课桌 黑板和粉笔
他慢慢读懂了生命的价值
生活的意义和人生的方向
就像一滴水
他知道汇入大海
才拥有无限的力量和希望
就像一株小草
他知道 走进辽阔的绿色大地
才能拥有万紫千红 无限春光

二

雷锋朝我们走来
他的步子迈得稳健踏实
他怀里揣着高小毕业证书
也揣着最初的梦想
那位组织部的黄大姐
读着他写的血泪家史
禁不住热泪盈眶
她把他带到县委张书记跟前

他虽然矮小
可他充满阳光
这一缕纯洁的阳光
让张书记眼睛一亮
之后 他成了县委书记的通讯员
手电筒 挎包和毛巾 瓷缸
还有《毛泽东选集》
都和他一起 朝夕不离
伴随张书记的足迹和声音
洒满望城的山山水水
条条阡陌 田间屋场

就是这点点滴滴的无声细雨
就是这微微颤颤的抚慰春风
让一颗幼芽 醮着理想成长
让一只乳燕 迎着彩虹飞翔

三

雷锋朝我们走来
他的步子变得凝重 豪迈
团山湖农场的拖拉机
在他的操纵下描绘成熟的秋天
那颗路上拾到的螺丝钉
在他的口袋散发着体温的炽热

那朵婷立荷塘边凝望他的芙蓉花
只好把亲自编织的围巾
和播种着眷恋的日记本藏在怀里
一次又一次在他吹奏口琴
的美丽旋律里颤抖
颤抖呵 颤抖
许是心的感应和情的撞击
他竟然在小说和诗歌里
也在叙述同一种渴望
和同一种心情
“愿你的青春像鲜花一样
在祖国的土地上发散着芬芳”

四

雷锋朝我们走来
他的步子变得深情 从容
鞍钢的车间
流向四面八方的铁水
呼唤着青春的美丽到这里发光发热
那炉膛飞溅的钢花
抒写着时代的进行曲
透过铺展在眼前的蓝图
他看到了世界的精彩 缤纷
胸中奏响了奋斗的交响

他这个才进厂三个月的年轻工人
就三次评为先进 雷锋的名字
便在光荣榜上耕耘闪光的理想
钻进推土机底部清洗油污
把拾到的一根导线 一颗钢钉
一个镙帽 一块铜片
悄悄装进自制的节约箱里
一日复一日 他在给自己铸造飞翔的翅膀
镀上自己情感的霞光
霞光染红了军营的天地
抚顺的某汽车连迎来了
喝湘江水长大的士兵
他又在擦亮汽车的玻璃
他又在护送迷路的大娘
他又在工地上送砖瓦
他又在给战友洗衣裳
他又在和少先队员
一道阅读画报 书刊
他洗的变白的军衣
就像他心灵的天空
没有一丝尘埃 他血管里
涌着的爱和情就根植
在抗洪的堤坝上
长在崇高和奉献的绿荫里
生活 时代 人生 祖国

一齐凝聚的岁月的浪花
生命的守望　赤子的肝胆
文化　哲学　智慧　思索
一齐冶炼成道德的光芒
点燃命运的壮美和精神的灯塔

雷锋朝我们走来
他的步子变得愈加坚定铿锵
他的脚步震动了世界的神经
他的身影化成了宇宙的星光
人的生命是有限的
为人民服务是无限的
我活着只有一个目的
就是做一个对人民有用的人

哲学打开了雷锋认识世界的窗口
他瞭望到了历史　人类　未来
忠诚真爱奉献的秘密
和珠穆朗玛峰巅星光的圣洁
他自己也终于定格成
一颗亮星呵
照耀着东方的辽阔大地
和西天暗淡云彩
一切是这样必然
一切是这样壮阔

雷锋就是走在浩荡挺进
大军前面的一杆旗帜
欧阳海 张海迪
张华 戴碧蓉 郭明义来了
还有成千成万以雷锋的名义命名的繁星

星星 月亮 太阳
历史 今天 未来

雷锋朝我们走来
朝我们走来

2011 年 11 月 2 日

旗帜与梦想

——谨以此诗献给党的十八大

金色的云霓 装点着天安门的辉煌
金秋的风 载着丰收的喜悦在飘荡
在这个收获成熟 金黄和灿烂的季节
所有的山川 河流 森林 草原
湖泊 田野 城郭和乡村
都激情澎湃地绽放幸福的期待
一曲科学发展的世纪交响
飞旋着彩云和真理的绚烂
正催动东风浩荡 千帆竞发
正撒播原野的碧翠 江海的雄壮

沿着旗帜指引的方向
朝着洒满金光的航道奔跑
这是历史性的庄严跨越
这是阳光雨露滋润
和谐盛世的博大情怀
这是中国人民最自觉 最豪迈的担当
站在巍峨长城之巅

我们开怀凝望 我看到了
祖国飞翔的雄姿 我感触到了
中华民族伟大复兴的脉动波澜

这就是信仰融于生活的壮美
思想铸就创新的翅膀
哪里有梦想 哪里就创造奇迹和美好
哪里有开拓 哪里就铺展锦绣和希望
让我们怀抱秋色的诗意 用陶片的哲思
竹简的经典 文明的灯火和拼搏的力量
在世界的东方 书写新的向往
新的长征 新的攀登 新的华章

赞美你 旗帜
拥抱你 梦想
十三亿颗心在深情跳动
十三朵葵花在朝太阳歌唱
高天捧出万里晴朗
大地献上七彩斑斓
岁月和春天 永远迸发
蓬勃 青葱 激扬和烂漫

2012 年 10 月 21 日第三稿

心灵的明灯

——谨以此诗纪念毛泽东“向雷锋同志学习”题词发表50周年

这盏灯 像一颗星星
是太阳的光辉点亮的
高山、江河、大地、城郭举着他
照耀着五千年的历史长廊
照耀着浩瀚缥缈的天空
穿越着岁月的迷茫、颠簸、光明

爱晚亭的红叶
是灯火的花瓣
韶山冲的杜鹃
是灯火的灵魂
湘江橘子洲的金橘
是灯盏的精美化身

灯的名字 叫雷锋
是一盏会思想的灯
一面高扬信仰的旗帜

一粒播撒崇高的种子
一支谱写美好的歌
一朵燃烧理想的云

这盏灯 满怀灿烂的向往
绽放着中华民族的梦想
迈步在巍峨长城的万里风烟里
去拥抱黄河 长江的壮阔激荡
朝夕眷恋新时代的朝气蓬勃
把闪光日记写在祖国的怀抱

家乡望城的肥沃热土
团山湖农场的田野绿浪
弯曲村路的沙粒石子
小河岸边的筒车歌唱
都是你生命的履痕的延伸
都有你这颗小小螺丝钉的牵挂想往

鞍山钢厂高炉飘浮的烟霞
早已铸成你火红青春的音符
抚顺街上红领巾的鲜艳
依然沐浴着心灵明灯的光芒
正在高速公路上飞驰的汽车
手中的方向盘永远散发着热炽的温暖

五十年呵！春花秋月
有多少让人思念的日子
五十年呵！霜晨雪暮
你没有离开我们寸步半刻
你只是需要短暂的宁静
用来托慰自己过度劳累的身体

我知你的心胸 比海洋辽阔
我知你的阅读 比森林丰富
我知你的磨难 比溪流曲折
我知你的快乐 比山岭重叠
我知你的牵挂 你的思索
都在分分秒秒中感悟生命的真谛

在你白色衬衣的纽扣上
我仍然看见县委张书记深情的目光
在你枕头底下的日记本里
我又听到了你和同学的理想歌唱
就是放在旧皮箱里的皮夹克
也在诉说人生的凝重和苍凉

只因你 懂得活着只有一个目的
就是做一个对人民有用的人
所以你 才把有限的生命

投入到无限的为人民服务当中
你给自己青春的赠语 就是
永远力争上游 永远忘我劳动
这是一个年轻的哲学家
对心灵之光的朴素诠释
这是一个普通的士兵
对崇高和奉献的真诚表述
这是灯光映照阳光的生动传递
这是壮丽人格最真实形象的雕刻

毛泽东 面对林克代拟的题词
他吸了一口烟 深沉而动情地说
学习雷锋 不是学习他某方面的优点
而是要学习他一切从人民的利益出发
全心全意为人民服务的精神
向雷锋同志学习 这样写行嘛

毛泽东 迈着庄重的步伐
走出了中南海怀仁堂的大门
他像当年站在湘江边一样
深情仰望 高天飞雁 彤云
就在一瞬间 一座时代的精神灯塔凌空而立
光芒万丈 照亮了世界的东方

大海在光芒里变得更加蔚蓝
山峰在光芒里显得更加雄伟
田野在光芒里翻卷金波
草原在光芒里涌动绿浪
云雀和蜜蜂在光芒里舞蹈采蜜
柳荫和花影在光芒里蓬勃斑斓

欧阳海 焦裕禄 张海迪
戴碧蓉 孔繁森
杨善州 郭明义
都在旗帜下集结
都在和雷锋交谈
都像星星闪耀在神州大地

千颗星 万颗星
串起明灯的长河 涌动时代的涛声
美丽中国 最美教师 最美警察
最美母亲 最美少年 最美心灵
朝着最美征途 最美未来
我们的队伍向太阳高歌前进

这盏灯 像一颗星星
他的火焰 他的目光
他的深邃 他的瑰丽

永远是 祖国春天的微笑

永远是 世界美好的象征

永远是 人类心灵的圣经

2012年11月18日晨二稿

致雪峰山[①]

雪峰山 雪峰山
一个比诗和画更纯美
和巍峨的山名
一座以坚毅挺拔威严和丰茂
滋养了 造化了
湘西的富饶 文明
和美丽的高山

70年前 那些风雨如磐的日子
当炮声枪声和手榴弹的爆炸声
妄图将你推倒和淹没的时刻
你没有丝毫的胆怯 动摇
你以从未有过的从容 镇定
和胆气 抛弃着黑暗残酷
和绝望 你用森林的大手
高举着必胜的旗帜

①1945年5月8日至6月1日，雪峰山战役历经20多天的激烈战斗，共计毙伤日军2.8万多人。雪峰山决战取得全面胜利，为日本最后投降并确定在芷江受降作出了巨大贡献。

在山顶涂抹出一片
比血色更耀眼的火光

那火光 就像从高空而降的天神
让成千成万的日军闻风丧胆
让狂叫的战马和猛烈的火炮
还有天空乱窜的战机
都在你巨大的火海中
化为灰烬

你依然如初
在昂首凝望天外
只是轻轻地抖去肩头的硝烟
和身上残留的弹片
用一种庄严的姿势
朝着天边的升起的云霞微笑

雪峰山
光荣和崇高属于你
博大和永恒属于你
你是一座胜利与正义丰碑
一面青春不老的大旗
在古老东方的梦想大地
永远抒写壮丽的英雄篇章

镌刻在三湘大地的悲烈记忆（组诗）

——献给9.3抗战胜利纪念日

举行纪念活动如同点燃一支火炬。

——维克多·雨果

致田汉

你是补天裂的血性男儿
你有横刀向天笑的昆仑肝胆
你的胸中 黄河的波涛在汹涌
你的发端 长城的磐石在挺立
你用热血和生命炼成的诗句
如惊雷在神州大地轰响
高山站了起来
大河站了起来
一个苦难的民族站了起来
就连旷野的小草
也变成了钢铁的尖刀

你的呐喊 有千钧力量

喊出了一个国家的尊严 神圣 坚强
你自己就是一杆战旗
在滚滚硝烟炮火中飘展
你用前进的音符唤起万众同心抗敌
田汉 你这个从湘江边走出的书生
最终为抗战胜利的历史
写下了光辉而难忘的一页

长沙会战

岳麓山的炮台
影珠山的战壕
还有赫石坡的沟壑
仿佛仍飘浮着
抗战的烽烟

70 年前 日寇的铁蹄
没有能踏破湘江巨浪
浴火的天心阁
威严地高擎血染的旌旗
长沙的四次大会战
堪称中国抗战的奇迹
这是用惨烈 悲壮 不屈
孕出的历史 让我们永远不忘

这片土地留存
的英雄记忆

西围塔的忆念

这座城市　曾被战火烧焦
这座孤城　勇士们血战了 169 昼夜
每分每秒都从刀尖上踩过
面对流血牺牲
虎贲之师没有人后退半步

《芝加哥太阳报》震惊了
称之为“东方的斯大林格勒保卫战”
如今常德城的西围塔墓地
繁茂的树木　鲜艳的花草
在清风里蓬勃摇曳
那是 6000 名阵亡将士的灵魂
在日月光辉里生息灿烂

厂窖惊案[1]

洞庭湖的清波碧浪
日夜簇拥着西北滨的厂窖
船帆载着水畔人家
富庶安宁的日子
在春风秋花里徜徉

不料 战争的魔鬼伸出凶残的手
将平静的水泽变成人间地狱
短短 3 天 厂窖 3 万同胞惨遭杀害
鲜血染红了浩渺的湖面

从此 这里的每一朵浪花
每一条湖汊 每一根苇草
都记住了这个悲惨的日子
都明白血债应当怎样偿还

衡阳保卫战

祝融峰 拨开层层迷雾
睁开了瞭望宇宙的眼睛
就知道日本军国主义

①1943 年 5 月 9 日侵华日军出 3000 余兵力，汽艇数十艘飞机数十架从水陆空空围湖南省南县厂窖境。短短 3 天，厂窖 3 万无辜同胞惨遭杀害。

已如落日将坠

穷途末路的日军
为了挽救灭亡的命运
便以 10 倍的凶猛
向衡阳进攻

衡阳亦如衡山
没有战栗倒下
用顶天立地的气概
排山倒海的气势
粉碎了日寇
妄图 3 天拿下衡阳的梦想

毛泽东在《解放日报》欣然命笔：
“坚守衡阳的守军是英勇的
衡阳人民 付出了重大牺牲……”
就是这种英雄 顽强 牺牲
让太阳旗伴落日倒下
让日本首相东条英机沮丧地下台

衡阳 衡山
古城 南岳忠烈祠
历史记住了你
祖国记住了你

人民记住了你

世界和平之歌的旋律里也有你

芷江受降坊[1]

雪峰山 青岩战役
飞虎队 阵纳德将军
芷江机场
七里桥镇
受降堂 会议桌
木靠椅 竹木沙发
天空绽放的彩霞
跑道上飞翔的苍鹰 这一切
都在见证这个历史的重大转折
都在拥抱这个扬眉吐气的光辉时刻
这一刻 一个国家终于昂起头
抖落了头上的黑暗
扬起带血的手臂 欢呼胜利

眼前的受降纪念坊
如金字塔 如擎天柱
耸立在蓝天白云下

① 抗战受降旧址在湖南怀化市芷江侗族自治县芷江镇七里桥村。1945 年 8 月 21 日日本降使今井武夫就在这里向中国受降代表萧敦肃中将递交了降书。

它仍在沉静地向世界诉说
忘记了战争的灾难
悲剧就会重演
和平　自由　独立　光明的命运
只能在自己的手中
让我们高举和平的火炬
遂从历史　走向永恒
战火铸造的悲烈记忆
一天也不能淡忘

2015 年 8 月 11 日于长沙

后　记

新年初雪，晶莹的雪花，只飘舞了几个小时，便悄然离去。地上和枝头的积雪，很快就在阳光的温暖里消融了。孙女楚楚拉着我的手说：“雪还会下吗？我想跟爷爷一道堆雪人哩！”雪再没有回来。而春天都走到窗前，摇满了一树树的新绿。孙女又背起书包上学校了。我送着孙女去学校，总是讲着故事陪伴她走进校门。从3岁开始给她讲故事已经讲了3年，算起来有上千个故事。突然有一天，孙女说：“从今天开始，你就讲你小时候的故事吧！”孙女的话，让我感到高兴而新奇。我说：“你为什么要听我小时候的故事呢？”孙女回答道：“我想知道爷爷小时候的小伙伴，你们是怎样读书、玩耍的。”于是，我就开始编自己小时候的故事。想不到效果比前面讲的故事更好。孙女竟提出要我带她回到我出生的地方，去看我故事中讲的小伙伴，如红脸、大顺、石伢子……还要去看我们砍过柴的山岭，游泳过的小河，捉过鱼虾的湖塘，读过书的学堂。我知道，这些地方几乎都面目全非，再见不到当年的踪影和浓郁的乡土气息了。

这使我想到了一个问题。我这个出生农村的孩子，从小就受到饥饿、寒冷和劳苦的煎熬。后来，有幸上小学，读中学，参军，写作，从政，离不开家乡这片土地的滋养，党和祖国的抚爱，人民的哺育，时代的塑造。现在将步入古稀之年，回想过去的人生道路，在某种意义上讲，我就是一只书虫。几十年来，尽管在不同的岗位工作过，但最终伴随我的是常摆在桌上或枕边的各种书籍和那一页页的稿纸，那一支支的钢笔。我不舍昼夜，不问秋冬，日复一日地在书里钻，在纸上爬。现在算起来，我在半个世纪的漫长写作生涯中，创作出诗歌、散文、小说、电影、评论、歌词（不包括政治经济管理类的专著 10 多册）就有 30 多册。这些作品，其中就有我故乡的山水影像，小伙伴和乡亲父老的生活忧乐，劳动和创造。有我从这里出发，在人生旅途跋涉的颠簸、磨难、痛苦、欢乐的履痕和对人生社会的思考、感悟。我的这些书最终该去哪里？于是我便产生了一个念头，要把这些书压缩成 10 册，再版出来让它走到它该去的地方。没有想到正在这个时候，我读 2016 年 5 期《读者》看到了爱尔兰诗人叶芝写的一首名叫《我的书本去的地方》的诗。这让我茅塞顿开，更加坚定了我的想法。诗这样对我说：

我学到的所有语言，
我所写出的所有语言，
必然要展翅，不倦地飞翔，
决不会在飞行中停一停。
一直飞到你悲伤的心所在的地方，
在夜色中向着你歌唱，
远方，河水正在流淌，
乌云密布，或是灿烂星光。

我读过叶芝的诗。那是非常美丽和智慧的精灵。我想这些书，一定会按照诗人的意愿，永远不倦地飞到它应当去的地方。而我的书和诗，尽管只是浩瀚书林里一片不起眼的树叶，我也盼望它奋力飞翔，抵达同样流淌着岁月的温暖光波，大自然的芬芳絮语，抑或也有风霜雪雨和忧伤黑暗的地方。

谭仲池

2016 年 3 月 7 日于湘江之滨淡泊书斋